Cuentos breves para leer en el bus 3

Relatos

Biografía

Maximiliano Tomas nació en Buenos Aires en noviembre de 1975. Cursó una Licenciatura en Historia en Argentina, un máster en Periodismo en la Universidad de Barcelona y desde hace años es docente de Periodismo Narrativo. Sus crónicas, entrevistas, investigaciones y reportajes aparecieron en medios de Argentina, Bolivia, Colombia, México, España y Suiza. Editó las antologías *La joven guardia. Nueva narrativa argentina* y *La Argentina crónica. Historias reales de un país al límite*. Recibió una beca de la Fundación Nuevo Periodismo Iberoamericano, que dirige Gabriel García Márquez. Entre 2005 y 2012 creó y dirigió el suplemento de Cultura del periódico *Perfil*. Actualmente es columnista del diario *La Nación* (Argentina), dicta talleres literarios y dirige el área de Letras del Centro General Cultural San Martín, en Buenos Aires.

AA. VV.
Cuentos breves para leer en el bus 3

Selección de Maximiliano Tomas

Traducción de Luz Freire

Planeta

El papel utilizado para la impresión de este libro es cien por cien libre de cloro y está calificado como **papel ecológico**.

No se permite la reproducción total o parcial de este libro,
ni su incorporación a un sistema informático, ni su transmisión
en cualquier forma o por cualquier medio, sea éste electrónico,
mecánico, por fotocopia, por grabación u otros métodos,
sin el permiso previo y por escrito del editor. La infracción
de los derechos mencionados puede ser constitutiva de delito
contra la propiedad intelectual (Art. 270 y siguientes del Código Penal).
Diríjase a CEDRO (Centro Español de Derechos Reprográficos) si necesita
fotocopiar o escanear algún fragmento de esta obra. Puede contactar
con CEDRO a través de la web www.conlicencia.com
o por teléfono en el 91 702 19 70 / 93 272 04 47

© por la traducción, Luz Freire, 2006
© Editorial Planeta, S. A., 2013
  Avinguda Diagonal, 662, 6.ª planta. 08034 Barcelona (España)
  www.planetadelibros.com

Imagen de la cubierta: Shutterstock
Primera edición en Colección Booket: junio de 2013

Depósito legal: B.11.454-2013
ISBN: 978-84-08-11466-6
Composición: Víctor Igual, S. L.
Impresión y encuadernación: Liberdúplex, S. L.
Printed in Spain - Impreso en España

ÍNDICE

LEONID ANDRÉIEV
El gigante 9

AMBROSE BIERCE
Recuerdo de un naufragio 12

ANTÓN CHÉJOV
Las damas 18

FRANCIS BRET HARTE
El Hombre de Solano 25

JACK LONDON
La ley de la vida 37

KATHERINE MANSFIELD
La mosca 49

GUY DE MAUPASSANT
El ladrón. 59

O. HENRY
Una tragedia en Harlem. 67

EDGAR ALLAN POE
El diablo en el campanario. 77

MARCEL SCHWOB
La peste 91

HENRYK SIENKIEWICZ
Sachem 98

FRANK R. STOCKTON
¿La dama o el tigre? 110

MARK TWAIN
El cuento californiano 121

Sobre los autores 135

LEONID ANDRÉIEV

El gigante

—El gigante llegó, enorme, el enorme gigante. Era enorme, enorme. ¡El enorme y ridículo gigante! Con sus grandes manos con dedos gordos. Con sus grandes pies, gruesos como árboles, gruesos, tan gruesos. Llegó... ¡y se cayó! ¡En serio, se cayó! ¡Dio un tropezón y se cayó! Tan bruto, tan ridículo, el gigante... Se quedó ahí, en el suelo, con la boca abierta, ridículo, como un deshollinador. ¿Por qué viniste, gigante? ¡Vamos, levántate, gigante! ¡Es tan tierno el bueno de Dodik, tan amoroso, aferrado con cariño a su mamá, junto a su corazón..., su corazón... tan tierno, tan amoroso! Sus ojos son tan buenos, tan tiernos, que se hacen querer. Antes, en plena lluvia, cabalgaba sobre su caballito. Como sabes, gigante, Dodik tenía un caballito, un caballito bueno, sobre el cual cabalgaba y se iba dando saltos hasta el arroyo, hasta el bosque. Pero

¿sabías, gigante, que en el arroyo de pececillos había muchos pececillos? No, claro que no lo sabes, eres un tonto, gigante; pero Dodik lo sabe: peces muy pequeños, muy hermosos. El sol se refleja en el agua mientras ellos juegan, pequeños, hermosos, rápidos. Sí, gigante, tonto gigante: eso tú no lo sabes.

»¡Qué ridículo es el gigante! ¡Llegó y se cayó! ¡De forma tan ridícula! Subía por las escaleras, tan tonto subía, tropezó y se cayó. ¡Qué tonto gigante! Pero no vengas aquí, gigante, nadie te llamó. Antes Dodik hacía piruetas y corría, pero ahora es amoroso, tan tierno, con una mamá tan buena, que lo quiere mucho. Lo quiere más que a nada en el mundo, más que a su propia vida, tanto lo quiere. Es su luz, su felicidad: es felicidad. Ahora es pequeño, muy chiquito, y su vida es minúscula, pero pronto crecerá y se volverá como un gigante, con larga barba y enormes bigotes; y su vida será también enorme, radiante, excelente. Será bueno e inteligente, y fuerte como un gigante, tan fuerte e inteligente que todos lo querrán, y todos lo mirarán con orgullo y alegría. Tendrá momentos oscuros en su vida, como todo el mundo, pero tendrá muchos momentos felices, luminosos como el sol. Entrará en la vida siendo bello e inteligente, y el cielo azul brillará sobre su cabeza, y las aves cantarán sus canciones, y el agua murmurará en sus oídos con cariño. Y él dirá, tras echar un vistazo: «Todo es bueno, todo es luz».

»¡Espera! No es posible. Te tengo en mis brazos, te tengo sujeto con fuerza, niño. ¿No te da miedo la oscuridad? Mira, la luz se ve por la ventana. Es la luz de la calle, un farol, ¡tan ridículo! Apunta hacia nosotros y nos presta un poco de tierna, mínima luz. Está diciendo: «Les daré un poco de luz, los rodea tanta oscuridad.» Qué farol alto y largo, ridículo. Iluminará mañana, también. ¡Ay, Dios mío, mañana...!

»Sí, sí, sí. El gigante. Claro que sí, por supuesto. El enorme, enorme gigante. Más que el farol, más que el campanario; ¡y el muy ridículo llegó, y se cayó! ¡Ah, qué tonto ese gigante! ¿Cómo no viste ese escalón? «Miré para arriba, no presté atención a mis pies», dice en voz baja el gigante, tú sabes, con su gruesa y profunda voz. «¡Miré para arriba!» Mejor hubieras mirado hacia abajo, tonto gigante; ahora lo has aprendido. Mi querido Dodik, tan bueno y tierno, tan inteligente, crecerá más que tú y caminará por la ciudad, por los bosques y las montañas. Será fuerte y osado, no le tendrá miedo a nada..., a nada. Llegará hasta el arroyo y pasará por encima. Todos lo mirarán con la boca abierta, ridículos, mientras él pasará por encima. Y su vida será tan grande y hermosa, radiante y excelente, y el sol, nuestro querido sol, iluminará su camino. Desde el alba brillará, tan bueno... ¡Ay, Dios mío...!

»Pero... Llegó el gigante, y se cayó. Pero tan ridículo, ¡tan ridículo!

Así hablaba la madre, en medio de la noche oscura, aferrada al cuerpo del niño muerto. Paseaba de un lado al otro del cuarto y hablaba, iluminada por la luz del farol que entraba por la ventana. En la otra habitación, el padre escuchaba cada palabra, y lloraba.

AMBROSE BIERCE

Recuerdo de un naufragio

Mientras salía de la casa, ella me dijo que yo era un viejo cruel, y para nada amable, y que esperaba que nunca, nunca volviera. De modo que me embarqué como maestre en el *Mudlark*, que zarpaba de Londres hacia donde el capitán considerara conveniente navegar. No era aconsejable molestar al capitán Abersouth con órdenes, pues cuando no se salía con la suya, según decían, se las ingeniaba con gran astucia para hacer poco provechoso el viaje. Los dueños del *Mudlark* habían aprendido a tolerarlo con los años, y le permitían hacer lo que le viniera en gana, incluso transportar los cargamentos que quisiera a los puertos donde se encontraban las mujeres más atractivas. En el viaje sobre el que escribo no llevaba ningún cargamento; el capitán insistió en que sólo serviría para hacer más lento y pesado al *Mudlark*. De oírlo hablar, bien podría pensarse que este marinero no sabía casi nada sobre su oficio.

Había pocos pasajeros, no tantos como las jofainas y mozos dispuestos para ellos, pues antes de subir al barco la mayoría de los que compraron pasajes preguntaban hacia dónde se dirigía el barco, y como no recibían respuesta regresaban a sus respectivos hoteles y enviaban a un bandido a bordo para retirar el equipaje. Pero quedaron suficientes pasajeros para causar más de un problema. Aprendieron a imitar el paso tambaleante propio de los marineros borrachos, y la cubierta superior tenía apenas el ancho necesario para permitirles ir desde el castillo de proa hasta la bitácora a fin de poner sus relojes en hora de acuerdo con la brújula del barco. Constantemente le pedían al capitán Abersouth que soltara el ancla grande sólo para oírla caer al agua, y si acaso se negaba, lo amenazaban con escribir protestas a los diarios. Uno de sus entretenimientos favoritos era el de sentarse a sotavento del macarrón a relatar sus experiencias de viajes anteriores, viajes que se destacaban en todos los casos por dos notables sucesos: la frecuencia de huracanes sin precedentes y la absoluta inmunidad del narrador al mareo. Resultaba muy interesante verlos sentados en fila contando estas historias, cada uno con una jofaina entre las piernas.

Un día estalló una gran tormenta. El mar barría la embarcación como si nunca antes hubiera visto un barco y se propusiera disfrutarlo todo lo que pudiera. El *Mudlark* se esforzó mucho, muchísimo más, en verdad, que la tripulación, pues aquellas almas inocentes habían descubierto que uno de ellos poseía un par de pantalones con fondillos de cuero, y no hicieron más que sentarse a jugárselo a las cartas; al mes de dejar el puerto cada uno de los marineros había ganado el pantalón más de una docena de veces. Estaba tan gastado por el hecho de pasarlo una y otra vez al ganador, que ya quedaba poco del pantalón excepto los fondillos, y al fin el capitán tiró por la borda aquella parte inmortal, no con malicia ni hostilidad, sino porque tenía la costumbre de darles patadas a los fondillos del pantalón.

La furia de la tormenta fue en aumento hasta que logró violentar tanto el *Mudlark* que el barco empezó a tomar y tomar agua como abstemio; pero entonces pareció calmarse al instante. Sin embargo, para ser justos con las tormentas de mar, después de rompernos los mástiles, arrancarnos el timón, arrebatarnos los botes y perforarnos un agujero en alguna parte inaccesible del casco, a menudo se alejan en busca de un barco nuevo, y nos dejan con la responsabilidad de tomar las medidas de alivio que juzguemos apropiadas. En este caso, el capitán juzgó apropiado sentarse a leer una novela de tres tomos en el pasamano de la borda a popa.

Al ver que había llegado más o menos a la mitad del segundo tomo, donde sin duda los amantes ya se veían inmersos en los más desesperados y angustiosos apuros, pensé que estaría particularmente de buen humor, de modo que me acerqué para informarle de que el barco empezaba a hundirse.

—Bueno —dijo, mientras cerraba el libro, pero manteniendo el índice entre las páginas para señalar el lugar—, el barco ya nunca servirá para nada después de una sacudida como ésa. Pero, por otra parte..., mucho le agradecería que enviara al contramaestre a disolver ese grupo que se ha reunido allá para rezar. Me parece que el *Mudlark* no es una capilla para marineros.

—Pero —respondí, impaciente—, ¿no se puede hacer nada para reducir el peso del barco?

—Bueno —pronunció con lentitud, pensativo—, dado que ya no le quedan mástiles que podamos cortar ni cargamento para... Espere, podríamos tirar por la borda a los pasajeros más corpulentos y pesados si le parece que serviría de algo.

Era una buena idea..., una inspiración genial. Me dirigí a toda velocidad al castillo de proa, que, por estar menos hundido en el agua que el resto, estaba lleno de pasajeros, agarré de la nuca a un corpulento caballero entrado en años, lo empujé hasta la borda y lo tiré al mar. No llegó a tocar el agua: cayó en medio de un círculo de tiburones que saltaron a su encuentro, con las cabezas juntas y las colas apenas fuera de la superficie. Me parece poco probable que el viejo caballero se diera cuenta de lo que se disponían a hacer con él.

Enseguida, arrojé a una mujer al agua y lancé a un bebé gordo a la furia de los vientos. La primera desapareció bajo los dientes de los tiburones; el segundo fue repartido entre las gaviotas.

Les cuento estos sucesos tal como ocurrieron. Me sería muy fácil armar una historia edificante con todo este material; relatar, por ejemplo, cómo, mientras me ocupaba de reducir el peso del barco, me sentí conmovido por el espíritu abnegado de una bellísima joven, que, para salvar la vida de su amado, empujó a su anciana madre hacia mí, al tiempo que me imploraba que aceptase a la vieja, pero que me compadeciera, ay, me compadeciera de su adorado Henry. Podría contarles también cómo no sólo agarré a la vieja dama, tal como me lo pidió la hija, sino que enseguida atrapé al adorado Henry y lo lancé rodando a sotavento tan lejos como pude, no sin antes quebrarle la espalda contra la borda y arrancarle un buen puñado de pelo ensortijado de la cabeza. Podría seguir contándoles que, ya calmado, robé un bote grande y, tomando a la hermosa doncella, me alejé del funesto barco rumbo a la iglesia de St. Massaker, en las Islas Fidji, donde quedamos unidos por un lazo que luego deshice con los dientes cuando me la comí. Pero la verdad es que nada de esto ocurrió, y no puedo exponerme a ser el primer escritor en contar mentiras con el solo fin de interesar al lector. Lo que de veras pasó fue esto: mientras me encontraba en el alcázar arrojando pasajeros por la borda, uno tras otro, el capitán Abersouth, que ya había terminado de leer su novela, se acercó a la popa y, sin hacer ruido, me empujó a *mí* al mar.

Tantas veces se han relatado las sensaciones de un hombre a punto de ahogarse, que me limitaré a explicar de modo muy sucinto cómo la memoria reveló de inmediato sus íntimos tesoros: todas las escenas de mi azarosa vida se amontonaron en mi mente, aunque sin confusión o disputa. Vi todo el trayecto de mi vida desplegado ante mis ojos, como un mapa de África central después del descubrimiento del gorila. Estaba también la cuna donde dormí de niño, embotado por jarabes sedantes; el cochecito de bebé, con el que tumbé al maestro, haciendo fuerza desde atrás, y en el que mi infantil espina dorsal adquirió su curvatura; la niñera, que cedía sus labios primero a mí y luego al jardinero; el viejo hogar de mi juventud, con sus hiedras e hipotecas; mi hermano mayor, que heredó por testamento las deudas de la familia; mi hermana, que se fugó con el conde Von Pretzel, cochero de una muy respetable familia neoyorquina; mi madre, de pie en pose de santa, que apretaba con las manos su devocionario contra los senos postizos patentados por Madame Fahertini; mi venerable padre, sentado frente a la chimenea, con la cabeza canosa inclinada sobre el pecho, las manos marchitas cruzadas pacientemente sobre la falda, esperando la muerte con resignación cristiana, y borracho como un lord inglés; todo esto, y mucho más, pasó por los ojos de mi mente, y el espectáculo fue gratis. Luego sentí un zumbido vibrante en los oídos —mis sentidos nadaron mejor que yo—, y mientras me hundía, a través de profundidades insondables, la luz ambarina que se reflejaba sobre mí se fue apagando y ensombreciendo hasta alcanzar la oscuridad total. De repente mis pies tocaron algo firme: era el fondo. ¡Gracias a Dios, estaba a salvo!

ANTÓN CHÉJOV

Las damas

Fiódor Petróvich, director de Escuelas Primarias del distrito, que se consideraba a sí mismo un hombre justo y generoso, entrevistaba ese día en su despacho al maestro Vermenski.

—No, señor Vermenski —decía—, su retiro es inevitable. ¡No puede usted continuar su tarea como maestro con semejante voz! ¿Cómo fue que la perdió?

—Tomé cerveza fría cuando estaba muy transpirado —susurró.

—¡Qué calamidad! ¡Después de haberse desempeñado como maestro por catorce años, viene a suceder esta desgracia! Toda una carrera arruinada por semejante tontería... ¿Y qué va a hacer usted ahora?

El maestro permaneció callado.

—¿Tiene usted familia? —preguntó el director.

—Una esposa y dos hijos, su excelencia —susurró el maestro.

Se hizo un silencio. El director, muy perturbado, se puso de pie y comenzó a recorrer el despacho de un lado al otro.

—¡No sé qué voy a hacer con usted! No tengo idea... No puede ejercer como maestro, pero tampoco puede acogerse todavía a una pensión... Abandonarlo a un futuro tan incierto sería muy desagradable y embarazoso para todos. Puesto que usted ha servido en nuestra escuela durante catorce años, es nuestro deber ayudarlo. Pero no se me ocurre cómo. ¿Qué puedo hacer por usted? ¡Póngase en mi lugar! ¡No sé qué puedo hacer por usted! —dijo mientras seguía recorriendo nerviosamente su despacho.

Vermenski, sentado al borde de la silla, también intentaba pensar en alguna solución, pero su penoso estado lo abrumaba.

De repente, el rostro del director comenzó a iluminarse. Incluso chasqueó los dedos.

—¡Cómo no lo pensé antes! —dijo con entusiasmo—. Escúcheme, hay algo que puedo ofrecerle: el secretario de nuestro asilo de niños se retira la semana próxima. Usted podría ocupar su lugar.

Vermenski mostró gran entusiasmo, sorprendido por haber tenido tan buena suerte, compartiendo la alegría y el alivio del buen director.

—Es esencial que escriba su solicitud hoy mismo y todo quedará arreglado.

Tras despedirse de Vermenski, el director se sintió

tranquilo y reconfortado. Ya no le atormentaba el futuro del pobre maestro y su familia, y era grato haber actuado noblemente, como una persona honorable y de buen corazón.

Pero esa sensación de bienestar duró sólo un rato; cuando llegó a su casa y se sentó a comer, su esposa, Natasha Ivanovna, le dijo repentinamente:

—¡Ah, casi lo olvido! Ayer vino a visitarme Nina Sergeievna y me rogó que te recomendara a un joven para ocupar la plaza del secretario del asilo, que está por retirarse.

—Sí, pero ese puesto ya ha sido prometido a otra persona —respondió el director—. Además —dijo con desagrado—, conoces mis reglas: nunca otorgo puestos por recomendación.

—Lo sé, pero supuse que tratándose de Nina Sergeievna podrías hacer una excepción. Ella nos quiere como si fuéramos de su familia, y nunca nos ha pedido nada. ¡Ni se te ocurra rehusar, Fedia! Tu capricho nos ofendería a las dos.

—¿Y a quién está recomendando?

—Al señor Polzukhin.

—¿Polzukhin? ¿Ese galancete que trabajó en la función de fin de año del club de ustedes? ¿Y se supone que ese sujeto es un caballero? ¡No, jamás! —El director estaba tan ofuscado que dejó de comer—. ¡De ninguna manera! ¡El cielo no lo permita!

—Pero ¿por qué? —inquirió su esposa.

—Comprende, mi querida, que si un hombre no busca trabajo por sí mismo y prefiere recurrir para eso a la intervención de una señora, debe ser un incapaz. Debería haberse presentado ante mí directamente; lo contrario demuestra su falta de buen juicio y de criterio.

Después de comer, el director se acomodó en el sofá de su estudio y comenzó a leer las cartas y los periódicos que había recibido.

Una misiva era de la esposa del alcalde:

«Querido Fiódor Petróvich, en una oportunidad ponderó usted mi aptitud y sensibilidad para comprender el espíritu y carácter de las personas. Pues bien, tendrá usted ahora la ocasión de comprobarlo en la práctica. En los próximos días lo visitará el señor Polzukhin, a quien considero un excelente joven, para solicitarle el puesto de secretario de nuestro hogar de niños. Es un joven sumamente educado y agradable, como podrá usted observar al conocerlo...». Y así continuaba la carta.

—¡Por nada del mundo! —clamó el director.

A partir de ese momento, no pasaba un día sin que llegaran al director cartas de recomendación para el señor Polzukhin, la mayor parte escritas por damas. Finalmente, una mañana se presentó el señor Polzukhin; un joven apuesto, con el rostro afeitado como un jinete profesional, y un inmaculado traje negro de corte elegante. Una vez que se hubo presentado y expuesto los motivos de su visita, recibió una cortante respuesta del director.

—Dispense usted, pero tratándose de asuntos laborales recibo a las personas en mi oficina, no en mi casa.

—Disculpe usted, su excelencia, pero nuestros mutuos conocidos me aconsejaron que viniera a verlo precisamente a su casa.

—Mmm... —refunfuñó el director, mirando con desagrado las finas botas del joven—. Tengo entendido que su padre es un hombre de fortuna, y no pasa usted necesidades. No me explico su empeño por obtener ese puesto, con un salario tan magro.

—No es por el dinero..., pero es un empleo en el Estado, y me parece conveniente, como primer paso, para iniciar una carrera en el Gobierno.

—Mmm... Puede ser, pero tengo la impresión de que al cabo de un mes se hartará usted de su trabajo, y mientras tanto hay candidatos sin recursos para quienes ese puesto significaría la oportunidad de sus vidas.

—No, no dejaré el trabajo, su excelencia —respondió con énfasis—; ¡por mi honor, pondré en ello mi mayor esfuerzo!

Esto ya era demasiado para el director.

—Dígame —preguntó sonriendo irónicamente—, ¿por qué no se dirigió a mí desde un principio, en vez de recurrir a la intervención de las señoras?

—No pensé que eso pudiera desagradar a su excelencia —respondió el joven, muy turbado—, pero puedo presentar a usted, si me lo permite, otro testimonio, ya que no concede usted mucha importancia a las cartas de recomendación.

Sacó una carta de su bolsillo y se la entregó al director. Llevaba la firma del gobernador, estaba escrita a mano y empleaba un lenguaje tal que le indicaba a las claras que el gobernador había firmado ese documento sin leerlo, sólo para sacarse de encima a alguna dama insistente e inoportuna.

El director suspiró con pesar.

—Debo someterme a la autoridad del gobernador: obedezco, envíeme mañana su solicitud por escrito... No puedo hacer otra cosa.

No bien se fue Polzukhin, el director expresó toda su furia.

—¡Ruin! ¡Canalla! —gritaba mientras recorría su estudio nerviosamente—. ¡Consiguió lo que quería, por cualquier medio! ¡Reptil! ¡Inútil! ¡Indecente con las damas, también!

El director continuaba gritando, ahora hacia la puerta por la que había salido Polzukhin, pero súbitamente tuvo que recomponerse, ya que en ese momento una dama muy distinguida, la esposa del superintendente del Tesoro Provincial, entraba en su despacho.

—He venido a molestarle sólo un minuto —comenzó a decir la señora—. Le ruego se siente usted por un instante y tenga la bondad de escucharme, querido amigo.

El director se vio obligado a sentarse y prestarle atención.

—Me he enterado de que quedará un puesto vacante, el del secretario del asilo. En uno o dos días recibirá usted la visita de un joven llamado Polzukhin...

La dama continuó parloteando, mientras el director la miraba sin ver, sintiéndose próximo a un desmayo, y le sonreía cortésmente con gran esfuerzo.

A la mañana siguiente, cuando Vermenski se presentó en su oficina, el director llevaba largo rato sin poder decidirse a plantearle la verdad. Dudaba, pensaba frases incoherentes, no sabía por dónde comenzar; estaba sumido en una gran confusión.

Quería ser honesto con Vermenski, contarle la verdad y pedirle disculpas, pero su lengua se trababa y se sentía paralizado.

De pronto se sintió abrumado y resentido por la vejación que tenía que exhibir en su propio despacho y ante un subalterno.

De pronto, y dando un puñetazo sobre la mesa, se incorporó y gritó con furia:

—¡No tengo ningún puesto para usted! Déjeme en paz, ¿comprende? ¡Haga el favor de irse!

Y dejó rápidamente su despacho.

FRANCIS BRET HARTE

El Hombre de Solano

Se me acercó en el entreacto, en uno de los pasillos del teatro de la ópera. Era un personaje tan notable como los que actuaban en el espectáculo. Su traje de distintos colores parecía recién comprado, tal vez una o dos horas antes de la función, lo cual quedaba expuesto en la etiqueta de la sastrería que seguía adherida al cuello de la americana, mostrando al espectador indiferente, de modo indiscreto, el número, el talle y el precio de la prenda.

Sus pantalones tenían una línea recta en cada pierna, como si, siendo pequeño, hubiera crecido repentinamente; en la espalda exhibía otro pliegue, igual al de los muñecos que los niños recortan en hojas de papel doblado. Puedo añadir que nada en su rostro delataba incomodidad alguna por este hecho. Su cara era afable, poco interesante y bastante común, excepto por la forma cuadrangular de la parte inferior de la mandíbula.

—¿Usted no me recuerda? —me dijo, brevemente, mientras me tendía la mano—. Soy de Solano, en California. Nos conocimos en la primavera del cincuenta y siete. Yo cuidaba ovejas y usted quemaba carbón.

No pretendía de ningún modo parecer descortés o grosero con aquel recuerdo. Era simplemente la declaración de un hecho, y fue aceptada como tal.

—Me acerqué a saludarlo por un motivo —me dijo después de estrecharme la mano—. Hace un instante lo vi en un palco charlando animadamente con una señorita, una joven elegante y atractiva. ¿Podría decirme su nombre?

Le di el nombre de una notoria beldad de una ciudad vecina, causante de gran revuelo en la metrópoli y especialmente admirada por el brillante y encantador joven Dashboard, quien se encontraba a mi lado en ese momento.

El Hombre de Solano reflexionó un instante, y después exclamó:

—¡Eso es! ¡Ése es el nombre! ¡Es la misma muchacha!

—Entonces, ¿la conoce usted? —pregunté, sorprendido.

—Sssí... —respondió, despacio—. La conocí hace cuatro meses, más o menos. Ella había estado paseando por California con unos amigos, y la vi por primera vez en el tren, cerca de Reno. Ella había perdido los resguardos de su equipaje, y yo los encontré en el suelo, se los devolví y ella me lo agradeció. Me parece que ahora lo correcto sería acercarme a saludarla.

Se calló y nos dirigió una mirada inquisitiva.

—Mi estimado caballero —intervino el brillante y encantador Dashboard—, si su titubeo surge de alguna duda acerca de la corrección de su traje, le ruego que la aleje de su mente de inmediato. La tiranía de la costumbre, es verdad, obliga a su amigo y a mí a vestir de un modo especial, pero le aseguro que nada podría ser más elegante que la manera en que el verde oliva de su americana se combina con el delicado amarillo de su corbatín, o la forma en que el gris perla de sus pantalones armoniza con el azul claro de su chaleco, y añade brillantez a la maciza cadena de reloj de oro francés que reluce en su vestimenta.

Para mi sorpresa, el Hombre de Solano no le pegó una trompada a mi amigo. Miró al irónico Dashboard con gran seriedad, y le dijo, tranquilamente:

—Supongo entonces que no tendrá ningún inconveniente en llevarme hasta allá.

Admito que Dashboard se desconcertó un poco ante esta respuesta. Pero pronto se recuperó e, inclinándose con cierta mordacidad, lo guió hasta el palco. Lo seguí a él y al Hombre de Solano.

Por fortuna, la bella de la que hablábamos era una dama de muy buena familia, y después de la irónica presentación de Dashboard, que no perdonó al Hombre de Solano, captó de inmediato lo que estaba ocurriendo. Para asombro de Dashboard, acercó una silla, invitó al Hombre de Solano a sentarse a su lado, le dio la espalda a Dashboard, sin inmutarse, y ante el distinguido público del teatro y bajo el escrutinio de cientos de impertinentes, inició una conversación con él.

Aquí, como toque romántico, me gustaría añadir que él se mostró alegre y reveló algunos rasgos de excelencia, de raro ingenio o de sólido sentido común. Pero el hecho es que se portó de manera aburrida y en extremo tonta. Insistía en hablar del tema de los resguardos de equipaje perdidos, y todos los sagaces intentos de la joven por dar un giro a la conversación fracasaron rotundamente. Al fin, para alivio de todos, se levantó e, inclinándose ante la silla de la dama, le dijo:

—Me parece que me quedaré algún tiempo por aquí, señorita, y como usted y yo somos, en cierto modo, forasteros en esta ciudad, quizá cuando haya otro espectáculo como éste, usted me permitirá...

La señorita X dijo con cierta impaciencia que lamentablemente sus muchos compromisos y el breve tiempo de su estadía en Nueva York le impedían, etcétera, etcétera. Las otras dos damas se tapaban la boca con el pañuelo y mantenían la mirada fija en el escenario. El Hombre de Solano continuó:

—Entonces, señorita, si hay otro espectáculo al que usted tal vez asista, me escribe unas líneas al Hotel Earle, en esta dirección. —Sacó de su bolsillo varias cartas arrugadas, tomó el sobre amarillento de una de ellas y se lo entregó con una especie de reverencia.

—Por cierto —interrumpió el ocurrente Dashboard—, la señorita X irá mañana por la noche a un gran baile de caridad. El precio de la entrada es una suma insignificante para un rico californiano y para un hombre de fortuna, como obviamente es usted, y además se trata de una buena obra. Usted podrá, sin duda, conseguir con facilidad una invitación.

En ese instante, la señorita X clavó sus lindos ojos en Dashboard.

—Por supuesto —dijo ella, dirigiéndose al Hombre de Solano—, y ya que el señor Dashboard es uno de los organizadores y usted, un forastero, le enviará, sin duda, una entrada de cortesía. Conozco al señor Dashboard lo suficiente como para saber que es en extremo amable con los forasteros, y además un perfecto caballero.

Dicho esto, se acomodó en el asiento y volvió a fijar la mirada en la escena.

El Hombre de Solano le agradeció al Hombre de Nueva York, y entonces, después de estrecharles la mano a todos los presentes en el palco, se dio la vuelta para salir. Al llegar a la puerta, miró de nuevo a la señorita X y dijo:

—Es una de las cosas más extrañas del mundo, señorita, que por haber encontrado aquellos resguardos de equipaje...

Pero el telón acababa de levantarse en la escena del jardín de *Fausto*, y la señorita X permanecía absorta en la obra. El Hombre de Solano cerró con cuidado la puerta del palco y se retiró. Lo seguí.

Se mantuvo callado hasta que llegamos al vestíbulo, y entonces dijo, como si continuara una conversación interrumpida:

—Es una muchacha muy elegante, ¿no es cierto? Es justo mi tipo y será una magnífica esposa.

Tuve la sensación de que el Hombre de Solano se iba a meter en problemas, así que me atreví a decirle que la señorita X era muy cortejada, que podía elegir marido entre lo más rancio de la sociedad y que, seguramente, ya estaba comprometida con Dashboard.

—Así es —dijo en tono bajo y sin ninguna emoción—. Sería muy raro que no lo estuviera. Bueno, creo que me voy al hotel. No me gusta mucho este griterío.

(Se refería a una *cadenza* de aquella famosa cantante, la Signora Batti Batti.)

—¿Qué hora será?

Sacó su reloj. La cadena era tan deslumbrante y tan obviamente falsa que quedé fascinado con ella. No podía quitarle los ojos de encima.

—Ah, veo que está mirando el reloj —dijo—. Bonito en apariencia, pero no vale un centavo. Y sin embargo, su precio es de ciento veinticinco dólares en oro. Tenía muchos deseos de tenerlo y lo compré anteayer en Chatham Street, donde los estaban vendiendo muy baratos en un remate.

—¡Lo han estafado de un modo escandaloso! —le dije, indignado—. El reloj y la cadena no valen ni veinte dólares.

—¿Valen quince? —preguntó, serio.

—Puede ser.

—Entonces me parece que hice un buen negocio. Pues les dije que yo era californiano, de Solano, y que no tenía billetes de banco. Sólo tenía tres *slugs*. ¿Recuerda los *slugs*?

(Los recordaba muy bien. El *slug* era una moneda emitida en el pasado —una pieza de oro hexagonal, dos veces el tamaño de una de oro de veinte dólares—, y equivalía en la actualidad a cincuenta dólares.)

—Bueno, se los di y ellos me dieron el reloj. Pues esos *slugs*... me los fabriqué yo mismo con limaduras de cobre y piritas de hierro, y los usaba para engañar a los muchachos haciéndoles un farol en el póquer. Y mire usted, como no es moneda legal del Gobierno, no hay falsificación. Creo que me costaron, tomando en cuenta mi tiempo y mi dedicación, cerca de quince dólares los tres. Así que, si este reloj vale eso, es un trato justo, ¿no es cierto?

Empezaba a comprender al Hombre de Solano, y le contesté que sí. Guardó el reloj en el bolsillo, se puso a jugar con la cadena y observó:

—Como que hace que uno parezca a la moda y adinerado, ¿no?

Estuve absolutamente de acuerdo con él.

—¿Y qué piensa hacer aquí? —le pregunté.

—Bueno, tengo un capital de cerca de setecientos dólares en efectivo. Me parece que hasta que me dedique a algún negocio estable, voy a presentar batalla en Wall Street, y esperaré mi oportunidad.

Estaba por hacerle algunas advertencias, pero recordé su reloj y desistí. Nos estrechamos la mano y nos despedimos.

Pocos días después lo encontré en Broadway. Vestía un traje nuevo, pero me pareció notar cierto progreso en su apariencia general. Su atuendo solo mostraba cinco colores diferentes. Esto, sin embargo, era accidental, como pude comprobar más adelante.

Le pregunté si había asistido al baile y me contestó afirmativamente.

—La joven, esa muchacha tan elegante, también estaba allí, pero me dio la sensación de que me evitaba. Me compré este traje nuevo para estrenarlo con ella, pero los mozos me ubicaron rápidamente en un palco privado, y no tuve la oportunidad de continuar nuestra conversación sobre los talones de equipaje. Ese joven, Dashboard, fue muy atento conmigo. Trajo a muchos caballeros y damas jóvenes al palco para presentármelos, y hasta se comprometió esa misma noche a mostrarme Wall Street y a llevarme a la Bolsa de Valores. Y al día siguiente vino a buscarme y fuimos. Yo invertí cerca de quinientos dólares en acciones, quizá un poco más. Verá usted, hicimos una especie de canje de acciones. Usted bien sabe que yo tenía diez acciones de la mina de cobre Peacock, de la que usted fue secretario...

—¡Pero esas acciones no valen nada! Todo ese asunto se acabó hace diez años.

—¿Ah, sí? Puede ser. Si *usted* lo dice. Pero, claro, yo tampoco sabía nada de Communipaw-Central o de la compañía Naphtha Gaslight, así que me pareció que era juego limpio. Sólo que yo revendí las acciones que había comprado, ¡y salí de Wall Street con cuatrocientos dólares de ganancia! Vea, fue un riesgo, después de todo, ¡porque las acciones de Peacock bien podrían volver a subir!

Lo miré a la cara. Su rostro estaba sereno y era inmensamente vulgar. Empezaba a sentir un poco de temor del Hombre de Solano, o más bien, de la opinión superficial que tenía de él. Después de intercambiar unas cuantas palabras, nos despedimos y me alejé.

Pasaron varios meses antes de que nos encontráramos de nuevo. Cuando nos volvimos a ver, me enteré de que se había convertido en miembro del consejo de administración de la Bolsa de Valores, y tenía una pequeña oficina en Broad Street, donde había empezado un buen negocio. Recordé la noche en que lo había conocido, y le pregunté si había reanudado su amistad con la señorita X.

—Supe que estaba en Newport este verano, y fui para allá a pasar una semana.

—¿Y conversaron acerca de los resguardos de equipaje?

—No —dijo con la mayor seriedad—. Me pidió que le comprara algunas acciones. Verá usted, esos muchachos de sociedad seguramente le hablaron de mí, y ella decidió relacionarse conmigo a través de los negocios. ¡Es una muchacha tan elegante! ¿Se enteró usted de que tuvo un accidente?

No, no me había enterado.

—Bueno, verá usted, ella había salido a navegar, y

yo me las arreglé para conseguir una invitación. El paseo había sido organizado por el caballero con el que, según dicen, se va a casar. Entonces, una tarde, la botavara giró con un fuerte viento y empujó a la muchacha al agua. ¡Hubo un gran alboroto!... ¿Oyó hablar de esto?

—¡No! —dije, pero mi instinto de novelista me permitió imaginar de inmediato la escena en un rapto de inspiración poética y apasionada. El pobre hombre, impedido de expresarle su amor por su falta de cultura, había encontrado al fin la oportunidad de su vida. Había...

—Se armó un revuelo terrible —continuó—. Corrí hacia la borda y allí, a unos diez metros de distancia, estaba la linda criatura, la muchacha tan elegante, y... yo...

—¡Se arrojó al agua para salvarla! —exclamé rápidamente.

—¡No! —dijo, muy circunspecto—. Dejé que el otro se lanzara al mar. Yo me limité a mirar.

Lo miré lleno de asombro.

—No —continuó muy serio—. Fue el otro el que dio el salto... En ese momento era su responsabilidad, lo correcto. Escuche, si yo me hubiera tirado al mar, chapoteado entre las olas, además de dar brazadas inútiles, para hundirme finalmente hasta el fondo, ese hombre se hubiera lanzado igual y la hubiera salvado; y como de todos modos se va a casar con ella, no sé qué tengo que ver *yo*, exactamente, con este asunto. Pero mire usted: si después de saltar, no hubiera podido llegar a ella y se hubiese ahogado, ah, entonces yo sin duda habría tenido una buena oportunidad de cortejarla, aparte de la ventaja de librarme de él. Veo que usted no me comprende... Tampoco me entendía usted cuando estuvimos en California.

—Entonces, ¿él sí la salvó?

—Por supuesto. Usted bien sabe que ella está bien. Si él hubiera fracasado en su intento, yo hubiera intervenido. No tenía sentido que yo asumiera su responsabilidad, a no ser que él hubiese fallado.

No sé cómo trascendió lo sucedido. El Hombre de Solano, como blanco de todas las burlas, se hizo más popular que nunca, y, por supuesto, recibió invitaciones para fiestas en broma y, naturalmente, empezó a tratar a muchas personas que tal vez de otro modo no hubiese conocido. Pronto resultó obvio, también, que sus setecientos dólares aumentaban día a día y que sus negocios eran cada vez más prósperos. Ciertas acciones de California que yo había visto morir, en los viejos tiempos, al lado de sus padres, resucitaron por arte de magia; y recuerdo, como quien ve un fantasma, el espanto que sentí cuando una mañana, al revisar las cotizaciones de la Bolsa, me encontré con el rostro espectral de la compañía minera «Dead Beat Beach», maquillada y recompuesta, en las columnas del diario de la mañana. Por fin, algunas personas comenzaron a respetar al Hombre de Solano, o tal vez a desconfiar de él. Finalmente, las sospechas culminaron en este incidente:

Desde tiempo atrás tenía el deseo de pertenecer a

un determinado club de sociedad, y como motivo de burla, fue invitado a entrar en él. En su honor se organizaron una serie de entretenimientos ridículos, que terminaron en una partida de cartas. A la mañana siguiente, cuando pasé delante de las escaleras del club, no pude dejar de escuchar a dos o tres miembros que conversaban con gran animación:

—¡Limpió a todos!

—¡Vaya! ¡Se embolsó cerca de cuarenta mil dólares!

—¿Quién? —pregunté.

—El Hombre de Solano.

Mientras me alejaba del lugar, uno de los caballeros, una de las víctimas, conocido por su afición al juego, me siguió. Me puso la mano en el hombro y me preguntó:

—Dígame la verdad: ¿qué hacía su amigo en California?

—Era pastor.

—¿Qué?

—Pastor. Cuidaba su rebaño en las dulces colinas de Solano.

—Bueno, lo único que puedo decirle es ¡a la m... con California, su vida sencilla y sus pastores!

JACK LONDON

La ley de la vida

El viejo Koskoosh escuchaba con avidez. A pesar de que hacía tiempo que su vista se había opacado, su oído seguía siendo agudo, y el sonido más leve llegaba hasta la inteligencia sutil que aún permanecía viva detrás de su frente mustia, pero que ya no se interesaba por las cosas mundanas. ¡Ah! Ésa era Sit-cum-to-ha, blasfemando contra los perros con chillidos destemplados, mientras los maltrataba y les ponía los arneses a golpes. Sit-cum-to-ha era la hija de su hija, pero estaba demasiado ocupada para dedicar siquiera un pensamiento a su decrépito abuelo, sentado solo en la nieve, abatido e indefenso. Había que levantar el campamento. Los esperaba el largo camino mientras el día se acortaba sin remedio. La vida la llamaba, y los deberes de la vida, no los de la muerte. Él, ahora, estaba muy cerca de la muerte.

El pensamiento llenó al viejo de pánico por un instante, y alargó una mano espasmódica que vagó temblorosa por encima del montón de leña seca que había a su lado. Cuando se aseguró de que realmente estaba allí, su mano volvió al abrigo de las pieles roñosas, y se puso a escuchar nuevamente. El crujido tosco de los cueros casi congelados le hizo saber que la tienda de piel de alce del jefe de la tribu ya había sido levantada, y que aún la estaban apretando y comprimiendo para poder transportarla con facilidad.

El jefe era su hijo, robusto y fuerte, cacique de la tribu y extraordinario cazador. Mientras las mujeres se ocupaban de los bultos del campamento, alzó la voz para reprenderlas por su lentitud. El viejo Koskoosh aguzó el oído. Era la última vez que oiría esa voz. ¡Se alejaba la tienda de Geehow! ¡Y la de Tusken! ¡Siete, ocho, nueve; sólo la del chamán quedaba todavía en pie! ¡Sí! Ya estaban ocupándose de ella. Podía oír los gruñidos del chamán mientras la apiñaba en el trineo. Un niño empezó a gemir y una mujer lo calmó con un canto gutural suave y callado. El pequeño Koo-tee, pensó el viejo, una criatura melindrosa, y no demasiado fuerte. Moriría pronto, quizá, y cavarían un hoyo a través de la tundra helada y lo taparían con piedras para mantener alejados a los carcayúes. Bueno, ¿qué importaba? Unos pocos años en el mejor de los casos, y tantos vientres vacíos como llenos. Al final, la Muerte esperaba, por siempre hambrienta; de todos ellos, la más hambrienta.

¿Qué era eso? Ah, los hombres amarrando los trineos y ajustando las correas. Se puso a escuchar, él, que ya no escucharía. Los latigazos silbaban roncos y soltaban dentelladas entre los perros. ¡Qué manera de gemir! ¡Cómo detestaban el esfuerzo y la travesía! ¡Partieron! Trineo tras trineo se revolvían lentamente en la nieve para alejarse hacia el silencio. Ya no estaban. Habían desaparecido de su vida, y él enfrentaba solo la última hora amarga. No. La nieve crujió debajo de un mocasín. Había un hombre a su lado; una mano le tocó con suavidad la cabeza. Era una buena acción la de su hijo. Recordó a otros ancianos cuyos hijos no se habían quedado después de la partida de la tribu. Pero su hijo sí lo había hecho. Se hundió en el pasado, hasta que la voz de su hijo lo trajo de vuelta al presente.

—¿Todo está bien? —preguntó.

—Está bien —respondió el anciano.

—Hay leña a tu lado —continuó el joven—, y el fuego arde vivamente. La mañana es gris, y ha irrumpido el frío. Pronto nevará. Incluso ahora está nevando.

—Sí, incluso ahora está nevando.

—La tribu está apurada. Sus fardos son pesados y sus estómagos están lisos por falta de comida. El camino es largo y viajan rápido. Ya me voy. ¿Está bien?

—Está bien. Soy como la hoja del año pasado, que se aferra apenas a su tallo. Con el primer soplo de viento, caeré. Mi voz es como la voz de una anciana. Mis ojos ya no me muestran el camino que siguen mis pies, y mis pies son lerdos, y estoy cansado. Está bien.

Inclinó la cabeza, contento, hasta que el último rumor de la nieve plañidera se fue apagando, y supo que su hijo se había ido definitivamente. Su mano, entonces, se deslizó ansiosa hacia la leña. Sólo ella mediaba entre su ser y la eternidad que se abría con desmesura ante él. Al final, la medida de su vida era comparable a un manojo de ramas. Una por una irían a alimentar el fuego, y del mismo modo, paso a paso, la muerte se acercaría sigilosamente hacia él. Cuando el último leño hubiese entregado todo su ardor, la helada empezaría a cobrar fuerzas. Sus pies serían los primeros en darse por vencidos, luego las manos; y el adormecimiento viajaría, con lentitud, desde los brazos y piernas hasta su cuerpo. La cabeza caería hacia delante sobre las rodillas, y él descansaría. Era fácil. Todos los hombres deben morir.

No se quejaba. Así era la vida, y era justo. Había nacido al lado de la tierra, y al lado de la tierra había vivido; su ley no le era ajena. Era la ley de todo lo viviente. La naturaleza no era amable con los cuerpos. No le importaba esa cosa concreta llamada individuo.

Su interés se dirigía a las especies, la raza. Ésta era la abstracción más profunda de la que era capaz la mente salvaje de Koskoosh, pero la comprendía perfectamente. Veía sus ejemplos en todas las manifestaciones de la vida. La aparición de la savia, el estallido del verde en el brote del sauce, la caída de la hoja amarillenta: toda la historia se resumía en eso. Pero la naturaleza le imponía una tarea al individuo. Si no la llevaba a cabo, moría. Si la llevaba a cabo, daba igual: moría. Nada de eso le importaba a la naturaleza; había muchos obedientes, y solo la obediencia perduraba y perduraba siempre, no así los obedientes.

La tribu de Koskoosh era muy antigua. Los ancianos que él había conocido cuando era niño también habían conocido a otros ancianos a su vez. Era verdad, pues, que la tribu vivía, que encarnaba la obediencia de todos sus miembros, desde tiempos lejanos e inmemoriales, cuyas tumbas ya habían sido olvidadas. No valían nada, eran episodios. Se habían esfumado como las nubes en un cielo de verano. Él también era un episodio, y desaparecería. A la naturaleza no le importaba. Le imponía una tarea a la vida, le decretaba una ley. Perpetuarse era el deber de la vida; su ley era la muerte. Una muchacha era una criatura a la que daba gusto mirar, robusta, de pechos opulentos, de paso alegre y ojos brillantes. Pero aún no había cumplido con su tarea. La luz de sus ojos se animaba, su andar se hacía más ligero; a veces era audaz con los jóvenes, a veces tímida, y les contagiaba su propia desazón. Con el tiempo se volvía más bella, y aun más bella ante los ojos de los demás, hasta que algún cazador, incapaz ya de contenerse, la llevaba a su tienda para que cocinara y para que se ocupara de él y se convirtiera en la madre de sus hijos. Y cuando llegaban los hijos, su hermosura desaparecía. Las piernas le pesaban y arrastraba los pies, sus ojos perdían el brillo y se le nublaban, y sólo los niños pequeños encontraban alegría en las mejillas marchitas de la vieja india sentada junto al fuego. Había llevado a cabo su tarea. Pero poco después, ante la primera punzada de hambre o la primera larga travesía, sería abandonada, tal como él lo había sido, en la nieve, al lado de un pequeño montón de leña. Tal era la ley.

Puso con cuidado una astilla en el fuego y retornó a sus pensamientos. Era igual en todas partes, sucedía lo mismo con todas las cosas. Los mosquitos desaparecían cuando llegaba la primera helada. La pequeña ardilla trepadora se escondía a rastras para morir. Cuando la edad agobiaba al conejo, éste se volvía lento y pesado, y ya no podía correr más rápido que sus enemigos. Hasta el gran oso cara pelada se volvía torpe, ciego y belicoso, para ser derribado finalmente por unos cuantos perros aulladores. Recordó cómo había abandonado a su propio padre en un recodo alto del Klondike un invierno, el invierno anterior a la llegada del misionero, con sus libros habladores y su caja de remedios. Koskoosh se había relamido los labios muchas veces al recordar aquella caja, pero ahora su boca ya no se humedecía. El «matadolores», en especial, fue lo mejor. Aunque el misionero, a fin de cuentas, había sido un estorbo, pues no llevaba carne al campamento y tenía un hambre voraz, y los cazadores protestaban. Pero se le congelaron los pulmones en la frontera cerca del río Mayo, y después los perros husmearon las piedras, apartándolas, y se disputaron sus huesos.

Koskoosh puso otro leño en el fuego y se hundió más aún en el pasado. Recordó los tiempos de la Gran Hambruna, cuando los ancianos se acurrucaban al lado de la hoguera con el estómago vacío, y de sus labios brotaban tradiciones sombrías de la época lejana en que el Yukón había fluido libremente tres inviernos y luego se había helado tres veranos. Koskoosh había perdido a su madre durante esa hambruna. En el verano, los salmones dejaron de migrar, y la tribu esperaba con ansias el invierno y la aparición del caribú. Entonces llegó el invierno, pero no el caribú. Nunca había ocurrido nada semejante, ni siquiera en toda la vida de los ancianos. Pero el caribú no vino, y ya era el séptimo año, y los conejos no se habían multiplicado, y los perros no eran más que sacos de huesos. A través de la interminable oscuridad, los niños sollozaban y morían, así como las mujeres y los viejos; y de diez miembros de la tribu, ni siquiera uno vivió para recibir al sol en la primavera. ¡Ésa sí que *fue* una hambruna verdadera!

Pero también había conocido épocas de abundancia, cuando la carne se les pudría en las manos y los perros engordaban y se volvían inservibles por el exceso de alimento, tiempos en que dejaban que los animales de caza se alejaran sin pretender matarlos, y las mujeres eran fértiles, mientras las tiendas estaban colmadas de niñas mujeres y niños varones desparramados aquí y allá. En ese entonces los hombres se hicieron valientes y reavivaron antiguas disputas. Cruzaron las fronteras del sur para matar a los Pelly, y las del oeste para sentarse junto a los fuegos extinguidos de los Tanana. Recordaba la vez que, siendo niño, durante una época de abundancia, vio a un alce acosado por los lobos. Zing-ha descansaba con él en la nieve y observaba. Zing-ha, quien luego se convirtió en el más hábil de los cazadores, y quien, al final, cayó por una grieta en el Yukón. Un mes después lo encontraron congelado, duro como el hielo, tal como lucía en el momento en que había arrastrado medio cuerpo fuera del agujero.

Pero el alce. Zing-ha y él habían salido ese día a jugar a la caza a la manera de sus padres. En el lecho del arroyo descubrieron el rastro fresco de un alce, y a su lado, las huellas de muchos lobos.

—Uno viejo —dijo Zing-ha, quien era más rápido que él para interpretar las señales—, uno viejo que no puede seguir el paso de la manada. Los lobos lo han separado de sus hermanos y ya no lo van a dejar.

Y así fue. Era su modo de vida. Día y noche, sin descanso, gruñendo a sus patas, dando mordiscones a su hocico, se quedarían junto a él hasta el final. ¡Cómo se les aceleró a Zing-ha y a él la sed de sangre! ¡El fin iba a ser un espectáculo digno de verse!

Con paso urgente siguieron el rastro, e incluso él, Koskoosh, rastreador poco avezado y de vista torpe, podría haberlo seguido a ciegas por lo ancho que era. Ya les pisaban los talones, estaban cerca de la cacería, mientras desciframban el funesto suceso, recién escrito, a cada paso. Pronto llegaron al lugar donde el alce se había detenido para enfrentar a sus perseguidores. En un espacio tres veces el largo de un hombre adulto, en todas las direcciones, la nieve había sido pisoteada y revuelta. En el centro estaban las profundas impresiones del animal de pezuñas anchas, y a su alrededor, por todas partes, se veían las huellas más livianas de los lobos. Algunos de ellos, mientras sus hermanos hostigaban a la presa, se habían tendido a un costado a descansar. La impresión de sus cuerpos extendidos a todo lo largo en la nieve era tan perfecta como si hubiese sido estampada apenas un momento antes. Uno de los lobos había sido atrapado en un ataque salvaje de la víctima enfurecida y pisoteado hasta morir. Unos pocos huesos, bien roídos, lo atestiguaban.

Dejaron de levantar su calzado de nieve, una vez más, en un segundo lugar de enfrentamiento. Aquí el gran animal había luchado con desesperación. Había sido derribado dos veces, como mostraba la nieve; dos veces se había librado de sus atacantes y puesto de pie nuevamente. Hacía mucho que había cumplido con su tarea, pero no obstante la vida era preciosa para él. Zing-ha dijo que era algo bastante raro, un alce caído que pudiera levantarse otra vez; pero éste sin duda lo había hecho. El chamán, cuando le contaron, vería en ello buenos augurios.

Y una vez más llegaron al lugar donde el alce había intentado trepar por el bancal para ganar el bosque. Pero sus enemigos arremetieron contra él desde atrás, hasta que el alce retrocedió y cayó sobre ellos, aplastando a dos hondo en la nieve. Era indudable que la presa estaba cerca, porque sus hermanos los habían dejado intactos. Atravesaron, apurados, dos lugares más de enfrentamientos, cortos en espacios de tiempo y muy cerca uno del otro. Las huellas eran rojas ahora, y los largos trancos de la gran bestia se habían vuelto cortos y desordenados. Oyeron en ese instante los primeros ruidos de la pelea, no el coro retumbante de la cacería, sino el aullido corto y vivo que delataba la lucha cuerpo a cuerpo y el colmillo clavado en la carne. Arrastrándose contra el viento, Zing-ha serpenteó en la nieve, y a su lado se deslizó él, Koskoosh, quien llegaría a ser el cacique de la tribu en los años venideros. Juntos empujaron a un lado las ramas bajas de un abeto joven, y miraron hacia adelante. Lo que vieron fue el final.

La imagen, como todas las impresiones de la juventud, permanecía viva en él, y sus ojos nublados vieron el fin con tanta claridad como en aquella época lejana. Koskoosh quedó maravillado, pues en los años que siguieron, cuando fue conductor de hombres y jefe de consejeros, llevó a cabo grandes hazañas y había hecho de su nombre una maldición en boca de los Pelly, sin mencionar al extraño hombre blanco que había matado, cuchillo a cuchillo, en una pelea frontal.

Durante largo rato se quedó meditando acerca de los días de su juventud, hasta que el fuego se fue extinguiendo y el frío empezó a penetrar con más fuerza. Esta vez reavivó la fogata con dos leños, y midió su permanencia en la vida por lo que quedaba de ella. Si tan sólo Sit-cum-to-ha se hubiese acordado de su abuelo y juntado una buena cantidad, sus horas se habrían prolongado. Habría sido fácil. Pero ella siempre fue una niña descuidada y dejó de honrar a sus antepasados desde que Castor, el hijo del hijo de Zingha, puso los ojos en ella la primera vez. Bueno, ¿qué importaba? ¿Acaso él no había hecho lo mismo en su propia juventud, tan fugaz? Prestó atención al silencio durante un rato. Quizá se le ablandara el corazón a su hijo; y tal vez volviese con los perros para llevar a su padre junto con la tribu hacia donde abundaba el caribú rebosante de grasa.

Aguzó el oído mientras acallaba su mente inquieta por un instante. Ningún movimiento, nada. Sólo él respiraba en medio del gran silencio. ¡Escucha! ¿Qué fue eso? Un escalofrío le recorrió el cuerpo. El aullido familiar, interminable, irrumpió en el vacío, y estaba cerca. Entonces, ante sus ojos nublados, se proyectó la visión del alce —el viejo alce macho—, con las ancas desgarradas y los costados sangrantes, el pelaje revuelto y la gran cornamenta, baja, embistiendo hasta el final. Vio las fulgurantes siluetas grises, los ojos relucientes, las lenguas colgantes, los colmillos chorreando saliva. Y vio que el inexorable círculo se cerraba hasta convertirse en un punto oscuro en medio de la nieve revuelta de pisadas.

Un hocico frío le embistió la mejilla, y ante el contacto, su alma dio un salto al presente. Su mano se abalanzó sobre el fuego y arrastró un leño al rojo. La bestia retrocedió, vencida un instante por el miedo atávico al hombre, al tiempo que lanzaba un llamado profundo a sus hermanos; y éstos respondieron voraces, hasta que una rueda gris, agazapada, de fauces babosas, se extendió alrededor del viejo. El anciano oyó cómo se estrechaba el círculo. Agitó con violencia la rama encendida, y los olfateos se convirtieron en gruñidos; pero las bestias jadeantes no se dispersaron. Entonces, una de ellas se escurrió con el pecho hacia delante, arrastrando las ancas; luego una segunda, después una tercera, pero ninguna retrocedió. ¿Por qué habría de aferrarse a la vida?, se preguntó, y dejó caer el leño ardiente en la nieve. La rama chispeó y se apagó. El círculo gruñó inquieto, pero se mantuvo firme. Koskoosh volvió a ver el último acto de resistencia del viejo alce, y dejó caer la cabeza, cansado, sobre las rodillas. Al fin y al cabo, ¿qué importaba? ¿No era ésa la ley de la vida?

KATHERINE MANSFIELD

La mosca

—¡Está usted muy cómodo aquí! —dijo con voz aflautada el viejo Woodifield, y miró curioso a su alrededor como lo haría un bebé desde su cuna. Estaba sentado en la gran butaca de cuero verde frente al escritorio de su amigo, el jefe.

La conversación había terminado; era hora de partir. Pero no quería marcharse. Desde su retiro, a causa de su... ataque, su mujer y sus hijas lo mantenían encerrado en la casa durante toda la semana, excepto el martes. Los martes lo vestían, lo cepillaban y le permitían ir a la ciudad, aunque su mujer y sus hijas francamente no podían imaginarse qué quería hacer allá todo el día. Seguro que molestaba a los amigos, era lo que sospechaban. Bueno, tal vez. De todos modos, es cierto que todos nos aferramos a nuestros placeres como el árbol se aferra a su última hoja. Así que allí estaba sentado el viejo Woodifield, fumando un cigarro y observando con envidia al jefe, que se acomodaba en su silla de escritorio, robusto, sonrosado, cinco años mayor que él, pero todavía sano y fuerte, todavía al mando. Le hacía bien verlo. Con tristeza y admiración, la voz chillona del viejo Woodifield agregó:

—¡Caramba! ¡Qué cómodo se está aquí!

—Sí. Es bastante cómodo —asintió el jefe, y dio un golpecito al *Financial Times* con su cortapapeles. En realidad, estaba muy orgulloso de su despacho; le gustaba que se lo alabaran, especialmente el viejo Woodifield. Saber que permanecía firme allí frente a ese viejo frágil envuelto en una bufanda le causaba un profundo sentimiento de satisfacción.

—Le hice algunas reformas —le aclaró, como les había aclarado a tantos otros durante las últimas, ¡cuántas!, semanas—. Alfombra nueva —señaló la alfombra en rojo vivo con un dibujo de grandes círculos blancos—. Muebles nuevos —giró la cabeza hacia la sólida biblioteca y la mesa con patas semejantes al caramelo trenzado—. ¡Calefacción eléctrica! —agitó la mano, casi extasiado, hacia las cinco salchichas blancuzcas y transparentes que irradiaban una luz tenue desde el platillo de cobre inclinado.

Pero no atrajo la atención del viejo Woodifield hacia la fotografía de un muchacho en uniforme de mirada solemne. La fotografía estaba sobre su escritorio, y mostraba al joven de pie delante de uno de esos fondos de parques espectrales con nubes tormentosas que suelen proveer los estudios fotográficos. No era reciente. Había estado allí por más de seis años.

—Hay algo que quería decirle —dijo el viejo Woodifield, y entornó los ojos mientras intentaba recordar—. A ver, ¿qué era? Lo tenía bien presente esta mañana cuando salí de casa. —Le empezaron a temblar las manos, y unas manchas rojas le aparecieron en las mejillas, por encima de la barba.

«Pobre viejo, ya está en las últimas», pensó el jefe, y amablemente le guiñó el ojo. Medio en broma, le dijo:

—Escúcheme, Woodifield, tengo algo aquí que le va a hacer mucho bien antes de que vuelva a salir al frío de la calle. Es de muy buena calidad, y no le haría daño a un niño.

Sacó una llave prendida de la cadena de su reloj, abrió un cajón inferior de su escritorio y extrajo una botella amarillenta, chata y ovalada.

—Aquí está. Éste es el remedio —dijo—. El hombre al que se lo compré me dijo, estrictamente en secreto, que proviene de las bodegas del castillo de Windsor.

El viejo Woodifield se quedó con la boca abierta al ver la botella. Si el jefe hubiera sacado un conejo, no se habría sorprendido tanto.

—¿Es whisky, verdad? —dijo con su voz aguda y tímida.

El jefe dio vuelta la botella y le mostró amorosamente la etiqueta. Era whisky, sin duda.

—Le confieso una cosa —dijo, mirando indeciso

al jefe—. No me dejan ni probarlo en casa. —Y parecía a punto de llorar.

—¡Pero aquí sabemos más que las damas! —exclamó el jefe, abalanzándose sobre dos vasos que estaban en el escritorio junto a una jarra de agua y sirviendo generosas medidas en cada uno—. Bébalo de un trago. Le hará bien. Y no le ponga agua. ¡Es un sacrilegio mezclar una bebida como ésta! ¡Ah! —Se tomó el suyo de golpe, sacó el pañuelo del bolsillo, se limpió rápidamente los bigotes, y le echó un vistazo al viejo Woodifield, que saboreaba el whisky pasándolo de un lado a otro dentro de la boca.

Por fin lo tragó, se quedó en silencio un momento y luego dijo, débilmente:

—¡Sabe a almendras!

Pero fue reconfortante; y el calor poco a poco penetró en su cerebro frío y achacoso. ¡Y súbitamente lo olvidado le vino a la memoria!

—Eso era —dijo, levantándose con esfuerzo—. Pensé que le gustaría saberlo. Mis hijas fueron a Bélgica la semana pasada para visitar la tumba del pobre Reggie, y por casualidad encontraron la de su hijo. Parece que están bastante cerca, las tumbas, digo.

El viejo Woodifield hizo una pausa, pero el jefe no le respondió. Sólo el temblor de sus párpados le indicó que lo había oído.

—Las chicas estuvieron muy contentas por lo bien cuidado que está el cementerio. Maravillosamente limpio. Como si estuvieran enterrados aquí, en su propio país. ¿Todavía no ha ido, verdad?

—¡No! ¡No! —Eran varias las razones por las cuales el jefe no había podido ir a Bélgica.

—Es muy grande —dijo el viejo Woodifield, con voz temblorosa—, y está arreglado con tanto esmero que parece un jardín. Sobre las tumbas crecen flores. Los senderos son anchos y amplios. —Por la entonación de su voz se notaba que le gustaban los senderos anchos y amplios.

Hizo otra pausa, pero unos segundos después el rostro del viejo adquirió una expresión muy animada.

—¿Sabe cuánto les cobraron a las chicas por un frasco de mermelada? —continuó el viejo con su voz chillona—. ¡Diez francos! Un robo. ¡Eso es lo que yo llamo un robo! Era un frasco chico, según Gertrude, que no cuesta más de media corona. Y ni siquiera se había servido una cucharada cuando le pasaron la cuenta. Gertrude se trajo todo el frasco para darles una lección. Muy bien, me parece; se aprovechan de nuestros sentimientos. Creen que porque vamos de visita estamos dispuestos a pagar cualquier cosa. Eso creen. —Y se dirigió hacia la puerta.

—¡Es cierto! ¡Es cierto! —exclamó el jefe, aunque no tenía la menor idea de qué era tan cierto. Dio la vuelta al escritorio, acompañó los pasos lentos del viejo hasta la puerta, y se despidió de su amigo. Woodifield se había marchado.

Durante largo rato, el jefe permaneció de pie en la puerta mirando el vacío, mientras un cadete de pelo cano, que lo observaba, entraba y salía de su cubículo como un perro que espera la señal para salir de paseo.

—No quiero ver a nadie durante media hora, Macey —dijo el jefe—. ¿Entendido? Absolutamente a nadie.

—Muy bien, señor.

El jefe cerró la puerta. Con paso firme y pesado cruzó la alfombra roja, sentó su robusto cuerpo en la mullida butaca y, apoyándose en el escritorio, se cubrió la cara con las manos. Quería, trataba, estaba decidido a llorar...

Había sido un golpe muy duro oír el comentario del viejo Woodifield acerca de la tumba de su hijo. Era exactamente como si se hubiese abierto la tierra a sus pies y viera al muchacho en el fondo de la fosa, con las hijas de Woodifield junto a él, mirando fijamente el cadáver. Era curioso. A pesar de que ya habían pasado más de seis años, el jefe nunca pensaba en su hijo muerto; más bien, lo veía descansando en su tumba, intacto, con el uniforme impecable, dormido para siempre. «¡Hijo mío!», gimió el jefe. Pero ni una lágrima asomó en sus ojos.

En el pasado, los primeros meses —incluso durante varios años— después de la muerte del muchacho, sólo tenía que decir esas palabras para sentirse tan agobiado por el dolor que nada, excepto un violento ataque de llanto, podía aliviarlo. El tiempo —afirmaba entonces, se lo decía a todos— no podría calmar su pena. Tal vez otros hombres podían recuperarse de su pérdida, sobreponerse, pero no él. ¡Era imposible! El muchacho era su único hijo. Desde el día en que nació, el jefe se había dedicado a consolidar su negocio solo para él; trabajar no tenía sentido si no era para él. La vida misma había empezado a perder todo significado. ¿Cómo diablos podría haberse esclavizado, negándose a sí mismo placeres y lujos, cómo podría haber luchado tanto durante esos largos años si no hubiese tenido la esperanza de que su hijo habría de seguir sus pasos?

Y aquella esperanza había estado a punto de convertirse en realidad. Su hijo había pasado todo un año en la oficina aprendiendo el oficio antes de que estallara la guerra. Por las mañanas salían juntos al trabajo, y regresaban en el mismo tren. ¡Cuántas veces lo habían felicitado por ser el padre de aquel hijo! No era casual. El muchacho se había dedicado al trabajo con alma, corazón y vida. En cuanto a su popularidad entre los empleados, todos sin excepción, incluso el viejo Macey, se deshacían en interminables elogios. Y el chico no se había envanecido o echado a perder para nada. No, seguía siendo el mismo muchacho sencillo y alegre de siempre, con la palabra precisa para cada uno, la mirada de niño y la costumbre tan suya de decir: «¡Simplemente espléndido!».

Pero todo eso había terminado y era como si nunca hubiese existido. Llegó el día en que Macey le entregó el telegrama que derrumbó el mundo a su alrededor. «Lamentamos tener que informarle...». Había salido de la oficina como un hombre destrozado, su vida arruinada.

Hacía seis años, seis años... ¡Qué rápido había pasado el tiempo! Si parecía ayer. El jefe apartó las manos del rostro; estaba intrigado. Algo raro le pasaba. No se sentía como quería sentirse. Decidió levantarse de la butaca y mirar la fotografía de su hijo. Pero no era su retrato favorito; la expresión del rostro carecía de naturalidad. Era más bien fría, incluso dura. Su hijo nunca había tenido ese aspecto.

En ese instante, el jefe notó que una mosca había caído en su tintero de boca ancha, y estaba tratando, débil pero desesperadamente, de trepar fuera de él. «¡Auxilio! ¡Auxilio!», decían sus patitas móviles. Pero los bordes del tintero estaban resbalosos y mojados; volvió a caer y empezó a nadar. El jefe tomó una pluma, sacó a la mosca de la tinta y la sacudió sobre el papel secante. Por una fracción de segundo, se mantuvo quieta en la mancha oscura que se expandía a su alrededor. Después, las patas delanteras se sacudieron, se afirmaron, y levantando el pequeño cuerpo empapado, la mosca inició la titánica tarea de limpiarse la tinta de las alas. Arriba y abajo, arriba y abajo, iba una pata por el ala, del mismo modo que se pasa la guadaña, arriba y abajo, por la piedra de afilar. Hubo una pausa mientras la mosca, que daba la impresión de sostenerse de puntillas, intentaba desplegar primero un ala y después la otra. Por fin lo logró, y sentándose, comenzó a lavarse la cara como un gatito diminuto. Era posible imaginar, en ese momento, que las pequeñas patas delanteras se frotaban delicadamente, con alegría. El horrible peligro había pasado; quedaba atrás. La mosca estaba lista para enfrentar la vida de nuevo.

Pero en ese momento el jefe tuvo una idea. Mojó la pluma en el tintero, apoyó su gruesa muñeca sobre el papel secante, y cuando la mosca intentaba mover las alas, zas, le cayó encima una gruesa gota. ¿Qué haría ahora? ¿Qué? La pobrecita parecía totalmente acobardada, aturdida y temerosa de moverse por lo que le pudiera pasar después. Pero entonces, adolorida, se arrastró hacia delante. Las patas delanteras se agitaron, se afianzaron; y con mayor lentitud esta vez, la mosca reinició la tarea desde el principio.

«Es un pequeño demonio, valiente y tenaz», pensó el jefe, y sintió verdadera admiración por el coraje de la mosca. Ésa era la manera de lidiar con las cosas; ésa era la actitud correcta. Nunca darse por vencido; sólo era cuestión de... Pero la mosca había vuelto a terminar su laboriosa tarea, y al jefe apenas le quedaba tiempo para meter la pluma en el tintero otra vez y sacudir de lleno sobre el cuerpo ya limpio otra gota gruesa y oscura. Y ahora, ¿qué pasará? Siguió un momento de doloroso suspenso. Pero ¡ah!, las patas delanteras se agitaban de nuevo. El jefe sintió un intenso alivio. Se inclinó sobre la mosca y le dijo, dulcemente: «¡Pequeña y astuta perra!». Y tuvo la brillante idea de respirarle encima para ayudarla durante el proceso de secado. De todos modos, los esfuerzos de la mosca eran ahora débiles y tímidos, y el jefe, mientras mojaba la pluma en el fondo del tintero, se dijo a sí mismo que esta vez tenía que ser la última.

Y fue la última. La gota cayó en el papel secante totalmente mojado y la mosca, empapada, yacía inmóvil en él. Las patas traseras estaban pegadas al cuerpo; las delanteras ya no se veían.

—¡Vamos! —dijo el jefe—. ¡Rápido! ¡Levántate!

Y la movió con la pluma... en vano. No sucedió nada, ni sucedería ya. La mosca estaba muerta.

El jefe levantó el cadáver con la punta del cortapapeles y lo tiró a la basura. Pero lo había asaltado un sentimiento de desolación tan profundo, que se sintió verdaderamente aterrado. Tuvo un sobresalto y tocó el timbre para llamar a Macey.

—Tráigame un papel secante limpio —dijo, autoritario—, ¡y pronto!

Mientras el viejo perro fiel corría silencioso, el jefe empezó a preguntarse en qué había estado pensando antes. ¿Qué era? Se trataba de... Sacó su pañuelo y se lo pasó por dentro del cuello. Pero, francamente, no podía acordarse.

GUY DE MAUPASSANT

El ladrón

—Les aseguro que no me van a creer.

—De cualquier modo, anda, cuéntalo.

—Está bien. Pero, antes de empezar, quiero que sepan que mi historia es verdadera hasta el mínimo detalle, por más inverosímil que parezca. Sólo los pintores no se sorprenderían, en especial los viejos que conocieron aquella época en la que el espíritu bromista tenía tanto poder sobre nosotros que nos obsesionaba incluso en las situaciones más serias.

Y el viejo artista se sentó, con una pierna a cada lado de la silla.

Todo esto sucedía en el comedor de un hotel de Barbizon.

—Bueno, pues —continuó—. Esa noche habíamos cenado en la casa del pobre Sorieul, que ya murió, y que era el más apasionado de nuestro grupo.

Éramos tres: Sorieul, yo y Le Poittevin, me parece; aunque no me atrevería a afirmar que el tercero fuera él. Me refiero, como se habrán dado cuenta, a Eugène Le Poittevin, el marino, que también ha muerto, y no al paisajista, que vive y sigue siendo tan talentoso como siempre.

»Decir que cenábamos en casa de Sorieul significa que estábamos borrachos. El único que se mantenía lúcido era Le Poittevin, un poco mareado, sí, pero consciente al fin y al cabo. Éramos jóvenes en esa época. Tendidos sobre las alfombras, en la pequeña habitación que daba al taller, conversábamos de las cosas más estrafalarias. Sorieul, recostado de espaldas y con las piernas sobre una silla, hablaba de batallas, discurría sobre los uniformes del Imperio, y en un momento se levantó, fue hasta su enorme armario repleto de accesorios, sacó una guerrera de húsar y se la puso. Entonces, le exigió a Le Poittevin que se vistiera de granadero. Como éste se resistía, los dos lo agarramos por la fuerza, lo desnudamos y le pusimos un inmenso uniforme que casi lo tapó por completo.

»Yo me disfracé de coracero. Entonces, Sorieul nos hizo ejecutar una complicada serie de movimientos. Luego gritó: "Ya que esta noche somos soldados, ¡tenemos que beber como soldados!"

»Le prendimos fuego a un ponche, lo bebimos, y entonces, por segunda vez, el fuego se elevó sobre el tazón lleno de ron. Nos pusimos a cantar a los gritos canciones antiguas, las mismas que vociferaron alguna vez los soldados veteranos del gran ejército.

»De pronto, Le Poittevin, que a pesar de todo mantenía la lucidez, nos dijo que nos calláramos; un par de segundos después, dijo, en voz baja: "Estoy seguro de haber oído pasos en el taller." Sorieul se puso de pie como pudo y gritó: "¡Un ladrón! ¡Qué suerte!", y comenzó a entonar la Marsellesa: *¡A las armas, ciudadanos...!*

»Se precipitó hacia una panoplia y tomó varias armas con las que nos equipó según nuestros uniformes: a mí me tocó una especie de mosquete y un sable; a Le Poittevin, un enorme fusil con bayoneta, y Sorieul, como no encontró lo que necesitaba, tomó una pistola de arzón, que se colocó en la faja que llevaba en la cintura, y empuñó un hacha de abordaje. Con mucha precaución abrió la puerta del taller y el ejército entró en territorio incierto.

»Ya en el centro de la enorme habitación atestada de largos lienzos, muebles y otros objetos singulares e inesperados, Sorieul dijo: "Me proclamo general. Tengamos un consejo de guerra: tú, los coraceros, debes evitar la retirada del enemigo, es decir, debes cerrar la puerta con llave. Tú, los granaderos, serás mi escolta."

»Procedí con la maniobra que me habían ordenado y luego regresé al grueso del ejército, que realizaba el reconocimiento del lugar.

»Cuando estaba a punto de atrapar al ladrón detrás de un biombo enorme, estalló un ruido espantoso. Me levanté, con la vela siempre en la mano. Le Poittevin acababa de atravesar con la bayoneta el pecho de un maniquí, al que Sorieul destrozó la cabeza a hachazos. Tras reconocer el error, el general dijo: "Seamos prudentes", y continuamos con la operación.

»Después de veinte minutos de registrar hasta el último rincón del taller sin el menor éxito, a Le Poittevin se le ocurrió abrir el enorme armario. Era profundo y oscuro. Levanté el brazo para iluminarlo con la vela y retrocedí estupefacto: había un hombre allí, un hombre de carne y hueso que me miraba. De inmediato, volví a cerrar la puerta del armario, di dos vueltas a la llave y celebramos un nuevo consejo.

»Las opiniones fueron dispares. Sorieul quería ahogar al ladrón con humo. Le Poittevin decía que lo mejor era matarlo de hambre. Por mi parte, propuse volar el armario con pólvora.

»Al final, prevaleció la idea de Le Poittevin, y, mientras montaba guardia con su enorme fusil, los demás fuimos a buscar nuestras pipas y lo que quedaba del ponche. Nos instalamos, pues, frente a la puerta cerrada, y bebimos a la salud de nuestro prisionero.

»Media hora después, Sorieul dijo: "No importa. Me gustaría verlo de cerca. ¿Qué tal si lo sacamos a la fuerza?"

»Exclamé: "¡Muy bien!" Nos lanzamos sobre las armas, abrimos la puerta, y Sorieul, blandiendo la pistola de arzón descargada, fue el primero en acercarse.

»Lo seguimos, dando gritos. Fue un espantoso estrépito en la sombra; cinco minutos después de una lucha increíble, sacamos de la oscuridad a una especie de viejo bandido, canoso, mugriento y vestido con harapos.

»Lo atamos de pies y de manos, y lo sentamos en un sillón. No dijo una palabra.

»Luego, Sorieul, con una embriaguez espectacular, se volvió hacia nosotros: "Ahora tenemos que juzgar a este miserable."

»Yo estaba tan borracho que la propuesta me pareció completamente normal.

»Le Poittevin se encargó de la defensa, y yo, de presentar la acusación. Fue condenado a muerte por amplia mayoría, menos un voto, el de su defensor.

»"Ejecutémoslo", dijo Sorieul. Pero de pronto se vio atacado por un escrúpulo: "Este hombre no puede morir privado del auxilio de la religión. ¿Por qué no va alguien a buscar un sacerdote?"

»Protesté, diciendo que era muy tarde. Entonces, Sorieul propuso que fuera yo quien hiciera las veces del cura, y le aconsejó al criminal que me confesara todo.

»Pasaron cerca de cinco minutos. El hombre miró a todos lados con ojos de terror, como preguntándose con qué clase de personas se había encontrado. Y entonces murmuró, con voz áspera y desgastada por el alcohol: "Se están burlando de mí, señores."

»Sorieul lo obligó a arrodillarse y, por si no lo habían bautizado sus padres cuando niño, le vertió sobre la cabeza un vaso de ron.

»Luego dijo: "Confiésate con el señor, que te llegó la hora."

»Desesperado, el viejo pillo comenzó a gritar "¡Socorro!" con tal fuerza que tuvimos que amordazarlo para no despertar a los vecinos. Empezó a rodar por el suelo, retorciéndose y pegando patadas: tiró abajo algunos muebles y rompió varios lienzos. Por fin, Sorieul gritó, con impaciencia: "¡Terminemos con él!", y apuntando al pobre sujeto tendido en el suelo, apretó el gatillo de la pistola. El percutor golpeó con un ruido seco. Siguiendo su ejemplo, también disparé. Como mi fusil era de chispa, produjo un destello que me sorprendió.

»Le Poittevin, muy serio, pronunció entonces las siguientes palabras: "¿Tenemos derecho acaso de matar a este sujeto?"

»Sorieul, estupefacto, le respondió: "¡Lo hemos condenado a muerte!"

»Pero Le Poittevin continuó: "No se debe fusilar a un civil. De eso se encarga el verdugo. Debemos llevarlo al cuartel."

»El argumento nos pareció irrefutable. Levantamos al hombre, y como no podía caminar, lo colocamos sobre una tabla de madera, lo atamos con fuerza, y Le Poittevin y yo lo cargamos mientras Sorieul, armado hasta los dientes, cerraba la marcha.

»Al llegar al cuartel, nos detuvo el centinela. Avisaron al jefe de guardia, que nos reconoció, y como estaba acostumbrado a nuestras farsas cotidianas, a nuestras bromas pesadas y a nuestros juegos inverosímiles, se contentó con reírse y rechazar a nuestro prisionero.

»Sorieul insistió. Pero los soldados nos recomendaron con severidad que nos retiráramos sin armar escándalo.

»La tropa se puso en marcha y volvió al taller. "¿Qué vamos a hacer con el ladrón?", pregunté.

»Le Poittevin, conmovido, dijo que sin duda estaba muy cansado, el pobre. En efecto, parecía agonizar, atado con ligaduras y amordazado sobre la plancha de madera.

»Me sentí invadido por una profunda compasión, compasión de borracho, y, quitándole la mordaza, le pregunté: "Bueno, pobre viejo..., ¿cómo te sientes?"

»"¡Ya basta, maldita sea!", gimió. Incluso Sorieul se sintió conmovido. Le quitó las cuerdas, lo sentó y lo tuteó. Para reconfortarlo, fuimos enseguida a preparar otro ponche. El ladrón, más tranquilo, nos miraba sentado en el sillón. Cuando la bebida estuvo lista, le acercamos un vaso (incluso le hubiéramos sostenido la cabeza) y brindamos.

»El prisionero bebió por todo un regimiento. Pero como se acercaba el alba, se levantó y dijo con absoluta calma: "Tendré que irme, señores, pues debo volver a mi casa."

»Nos pusimos muy tristes. Le rogamos que no se fuera, pero se negó a quedarse más tiempo.

»Le dimos la mano, y Sorieul le alumbró el vestíbulo con la vela mientras le gritaba: "¡Cuidado al pasar por la puerta cochera!"

Todos reímos cuando terminó el relato. El hombre

se levantó, encendió su pipa, y agregó, de pie ante nosotros:

—Pero lo más divertido de mi historia es que es cierta.

21 de junio de 1882

O. HENRY

Una tragedia en Harlem

La señora Fink fue a visitar a la señora Cassidy al departamento del piso de abajo.

—¿No es una belleza? —dijo la señora Cassidy.

Llena de orgullo volvió la cara para que su amiga pudiera verla. Lucía un ojo semicerrado con una gran magulladura violácea alrededor. Del labio cortado le brotaba un poco de sangre, y a ambos lados del cuello tenía marcas rojas de dedos.

—A mi marido nunca se le ocurriría hacerme algo así —respondió la señora Fink, ocultando su envidia.

—No viviría con un hombre —declaró la señora Cassidy— que no me golpeara por lo menos una vez por semana. Eso quiere decir que le importas. Pero, caramba, la última dosis que me dio Jack no fue homeopática en absoluto. Todavía veo las estrellas. De todos modos, el resto de la semana se va a comportar como el hombre más maravilloso del mundo para compensarme. Este ojo bien vale un par de buenas entradas al teatro y una blusa de seda, por lo menos.

—Confío —dijo la señora Fink, adoptando cierta complacencia— en que el señor Fink es demasiado caballeroso como para levantarme la mano.

—¡Ay, vamos, Maggie! —se rió la señora Cassidy, mientras se ponía un poco de agua de hamamelis en las heridas para bajar la hinchazón—. Me parece que estás celosa. Tu hombre es demasiado estirado y aburrido como para darte una paliza. Lo único que sabe hacer es sentarse y practicar educación física con el periódico cuando llega a casa. ¡No me digas que no es la pura verdad!

—Por supuesto que el señor Fink lee con atención los periódicos cuando llega a casa —reconoció la señora Fink, con un movimiento de cabeza—, pero de ningún modo pretende convertirme en un boxeador como Steve O'Donnell solo para divertirse, te lo puedo asegurar.

La señora Cassidy lanzó la carcajada de satisfacción del ama de casa feliz y protegida. Y como Cornelia cuando exhibía sus joyas, se bajó el cuello del kimono y mostró otra contusión muy apreciada de color pardusco, con bordes oliváceos y anaranjados, una magulladura ya casi curada del todo, pero aún viva en la memoria.

La señora Fink se dio por vencida. La luz severa en sus ojos se suavizó y adquirió un toque de admiración envidiosa. La señora Cassidy y ella habían sido íntimas amigas en la fábrica de cajas de cartón del centro comercial de la ciudad antes de casarse, un año atrás. Ella y su hombre ocupaban entonces el departamento ubicado justo encima del de Mame y su hombre. Así pues, no podía darse ínfulas con Mame.

—¿No te duele cuando te pega? —preguntó la señora Fink, con curiosidad.

—¡Dolerme! —la señora Cassidy dio un grito agudo de placer, en tono de soprano—. Bueno, a ver..., ¿alguna vez te cayó encima una pared de ladrillos? Pues así es como se siente..., como cuando te empiezan a sacar de entre los escombros. La izquierda de Jack significa dos matinés y un nuevo par de zapatos estilo Oxford. ¡Y su derecha! Bueno, sólo un paseo a Coney Island y seis pares de medias de seda caladas pueden compensarla.

—Pero ¿por qué te golpea? —preguntó la señora Fink, con los ojos muy abiertos.

—¡No seas tonta! —respondió la señora Cassidy, complaciente—. Porque está borracho, por supuesto. Generalmente, los sábados por la noche.

—Pero ¿qué motivos le das? —insistió, ansiosa por saber más.

—Y bueno, ¿acaso no me casé con él? Jack llega con varios tragos encima; y aquí estoy yo, ¿verdad? ¿A qué otra tendría derecho a pegarle? ¡Ay de que lo encuentre golpeando a otra! A veces es porque la comida no está lista; y a veces porque está lista. Jack no es demasiado exigente con respecto a los motivos. Sólo bebe y bebe hasta que se acuerda de que está casado. Entonces viene a casa y decide poner las cosas en orden. Los sábados por la noche sólo cambio de lugar los muebles con puntas afiladas, para no cortarme la cabeza cuando pone manos a la obra. ¡Tiene un golpe de izquierda que te deja zumbando los oídos! A veces me doy por vencida en el primer asalto; pero cuando tengo ganas de divertirme durante la semana o quiero nuevos trapos, me levanto y busco más castigo. Eso es lo que hice anoche. Jack sabe que quiero esa blusa de seda negra desde hace más de un mes, y pensé que necesitaría más que un ojo negro para conseguirla. Escúchame bien, Mag, te apuesto el helado a que me la trae esta noche.

La señora Fink se quedó pensativa.

—Mi Mart —dijo— jamás me dio una paliza en toda su vida. Es como tú dices, Mame: llega de muy mal humor y ni siquiera tiene ganas de hablar. Nunca me lleva a ninguna parte. En casa es un auténtico calientasillas. Me compra cosas, pero lo hace con una expresión tan seca que no me es posible apreciarlas.

La señora Cassidy rodeó con el brazo a su amiga.

—¡Pobrecita! —dijo—. Pero no todas pueden tener un marido como Jack. Ningún matrimonio fracasaría si los maridos fueran como él. Lo que necesitan todas esas mujeres descontentas que andan por ahí es un hombre que llegue a casa y les dé sus buenas bofetadas por lo menos una vez por semana, y que luego las compense con besos y bombones de crema. Eso haría sus vidas más interesantes. Lo que yo quiero es un hombre dominante que te golpea cuando está borracho y te abraza cuando no lo está. ¡Líbreme Dios del hombre que no tiene la valentía para hacer ninguna de las dos cosas!

La señora Fink suspiró.

De pronto los pasillos se llenaron de ruido. Y de repente el señor Cassidy abrió la puerta de una patada. Tenía los brazos cargados de paquetes. Mame corrió hasta él y se le colgó del cuello. El ojo sano le brillaba con la luz del amor que resplandece en la mirada de la doncella maorí cuando recobra el conocimiento en la choza del enamorado que la ha aturdido y arrastrado hasta allí.

—¡Hola, vieja! —gritó el señor Cassidy. Dejó caer los paquetes y la abrazó con tanta fuerza que la levantó del suelo—. Tengo entradas para el circo de Barnum & Bailey, y si le cortas la cinta a uno de esos paquetes te vas a encontrar con la blusa de seda. Ah, buenas noches, señora Fink. No la vi cuando llegué. ¿Cómo está el amigo Mart?

—Está muy bien, señor Cassidy, gracias —respondió la señora Fink—. Bueno, ya tengo que irme. Mart vendrá pronto a cenar. Mañana te traeré el molde de costura que querías, Mame.

La señora Fink subió a su piso y se puso a llorar. Lloraba sin razón, como sólo suele llorar una mujer, sin ningún motivo en especial, un llanto absurdo, en verdad: el llanto más efímero y desconsolado en el repertorio del dolor. ¿Por qué Martin nunca le había pegado? Era tan grande y fuerte como Jack Cassidy.

¿Tal vez no la quería, no sentía afecto por ella? Jamás peleaban; llegaba a casa y se sentaba, silencioso, melancólico, sin hacer nada. Cumplía con todas sus obligaciones de buen marido, pero no conocía los placeres de la vida.

El barco de los sueños de la señora Fink se había calmado. El capitán no se decidía entre el budín de ciruelas y la hamaca. ¡Si tan sólo sacudiera el maderaje o pateara la cubierta de vez en cuando! ¡Y la señora Fink creyó que el crucero rebosaría de felicidad, con escalas en los puertos de las Islas Deleitables! Pero en ese momento, para variar, estaba a punto de tirar la esponja, agotada, sin un rasguño como resultado de todos esos apacibles asaltos con su pareja de entrenamiento de boxeo. Por un instante casi empezó a odiar a Mame... Mame, con sus cortes y magulladuras, su bálsamo de regalos y besos, y aquel turbulento viaje con su piloto amoroso, agresivo y brutal.

El señor Fink llegó a la casa a las siete. Estaba atravesado por la maldición de la domesticidad. Más allá del umbral de su cómodo hogar, no le gustaba vagabundear o vagar. Era el hombre que nunca perdía el tranvía, la anaconda que se tragaba a su presa, el árbol caído, inmóvil en el suelo.

—¿Te gusta la cena, Mart? —preguntó la señora Fink, que se había esforzado mucho en prepararla.

—Mmm, sí —emitió un gruñido el señor Fink.

Después de la cena, fue a buscar los periódicos y se sentó sin zapatos, sólo con las medias puestas. ¡Levantaos, oh, nuevo Dante, e indicadme dónde se encuentra el círculo del infierno para el hombre capaz de sentarse en casa sólo en calcetines! Hermanas de la Paciencia, vosotras que habéis soportado por deber o por vínculo las medias de seda, hilo, algodón o lana, ¿no creéis que corresponda un nuevo canto?

El día siguiente era el Día del Trabajo. Las ocupaciones del señor Cassidy y del señor Fink cesaron hasta la nueva salida del sol. El Trabajo, triunfante, habría de desfilar y distraerse de distintas maneras.

La señora Fink le llevó temprano el molde de costura a la señora Cassidy. Mame tenía puesta su blusa nueva. Hasta el ojo lastimado le brillaba con una chispa de alegría. Jack estaba arrepentido, con gran provecho para todos, y ambos tenían un plan divertidísimo para pasar el día en parques y picnics, y abundante cerveza Pilsener.

La envidia, cada vez más fuerte y llena de indignación, se apoderó de la señora Fink mientras subía a su departamento. ¡Ah, qué feliz parecía Mame, con sus magulladuras y sus bálsamos tan oportunos! ¿Pero por qué Mame iba a tener el monopolio de la felicidad? Sin duda Martin Fink era tan hombre como Jack Cassidy. ¿Su esposa tendría que pasarse la vida sin golpes ni caricias? De pronto a la señora Fink se le ocurrió una idea brillante y asombrosa. Le demostraría a Mame que otros maridos eran tan capaces como Jack de usar los puños y quizá de ser tan tiernos como él después de las palizas.

El feriado prometía serlo sólo de nombre para los Fink. En la cocina, la señora Fink debía lavar montones de ropa sucia que había dejado en remojo la noche anterior. El señor Fink estaba sentado sin zapatos leyendo el periódico. Todo indicaba que así habrían de pasar el Día del Trabajo.

Una oleada de envidia agitó el pecho a la señora Fink y mucho más la agitó una decisión audaz. Si su hombre no la golpeaba, si hasta ese momento no había demostrado su virilidad, sus prerrogativas y su interés por la vida conyugal, entonces sería necesario alentarlo para que cumpliera con su deber.

El señor Fink encendió su pipa y con mucha calma se frotó un tobillo con el otro pie descalzo. Reposaba en el estado matrimonial como un grumo de harina sin disolver en un budín. Ésas eran sus pequeñas aspiraciones elíseas: sentarse cómodamente para asomarse al mundo a través de la letra impresa, rodeado de las pompas de jabón de su querida esposa y los agradables olores de los platos del desayuno ya retirados y los del almuerzo que habrían de venir. Estaba lejos de pensar en muchas cosas, pero pegarle a su mujer era lo último que se le hubiera ocurrido.

La señora Fink abrió el agua caliente y puso las tablas de lavar entre el agua jabonosa. Del piso de abajo surgió la risa alegre de la señora Cassidy. Parecía una burla, como si se vanagloriara de su propia felicidad delante de la esposa jamás golpeada de arriba. Había llegado la hora de la señora Fink.

De pronto, hecha una furia, se volvió hacia el hombre que leía.

—¡Ocioso y haragán! —gritó—. ¿Así que tengo

que matarme lavando ropa y trabajando en la casa para los tipos asquerosos como tú? ¿Eres un hombre o acaso eres un perro casero?

El señor Fink, paralizado de asombro, dejó caer el periódico. La señora Fink temió que no la golpeara..., que la provocación no hubiese sido suficiente. Saltó sobre él y le pegó con salvajismo un puñetazo en la cara. En ese momento la recorrió un estremecimiento de amor, como no había sentido en mucho tiempo. ¡Levántate, Martin Fink, y ven a tu reino! Ah, ahora sí tendría que sentir el peso de su mano, ¡sólo para demostrarle que ella le importaba, sólo para demostrarle que la apreciaba!

El señor Fink se puso de pie de un salto. Maggie volvió a pegarle un puñetazo en la mandíbula con la otra mano. Cerró los ojos en ese instante terrible y a la vez dichoso que precedía al golpe inevitable... susurró el nombre de su marido... y se inclinó para recibir la conmoción tan esperada, en estado supremo de avidez.

En el piso de abajo el señor Cassidy, arrepentido y avergonzado, le estaba empolvando el ojo a Mame, listos ya para iniciar la juerga. Del departamento de arriba llegó la voz estridente de una mujer, el ruido de golpes, tropiezos, forcejos, de la caída de una silla..., las inconfundibles señales de un conflicto doméstico.

—¿Mart y Mag se están peleando? —supuso el señor Cassidy—. No sabía que hicieran esas cosas. ¿Subo a ver si necesitan a alguien que les cure las heridas?

Un ojo de la señora Cassidy resplandeció como un diamante. El otro le brilló menos, como una piedra preciosa de fantasía.

—¡Ah, ah! —dijo en voz baja y sin ningún significado aparente, como suelen ser las exclamaciones de las mujeres—. Me pregunto si... ¡Me pregunto si...! Espera, Jack, voy a subir a ver qué pasa.

Subió corriendo. Cuando llegó al pasillo del piso superior, la señora Fink salió por la puerta de la cocina con un movimiento rápido y violento.

—Ay, Maggie —dijo la señora Cassidy, en un murmullo de alegría—. ¿Lo hizo? ¡Ah! ¿Lo hizo?

La señora Fink corrió hacia su amiga y empezó a llorar con desesperación sobre su hombro.

La señora Cassidy tomó entre sus manos el rostro de Maggie y lo levantó con suavidad. Tenía la cara bañada en llanto, abochornada y pálida a la vez, pero su cutis de terciopelo, blanquísimo y sonrosado, con sus atractivas pecas, no mostraba ni un rasguño, ni una magulladura, ni una herida de los cobardes puños del señor Fink.

—Dímelo, Maggie, por favor —le rogó Mame—, o entraré yo misma a averiguarlo. ¿Qué pasó? ¿Te lastimó? ¿Qué te hizo?

La señora Fink volvió a hundir con desesperación la cara en el pecho de su amiga.

—¡Por el amor de Dios, no abras esa puerta, Mame! —sollozó—. Y nunca se lo digas a nadie..., ni una palabra. Mart... ni siquiera me tocó, y... está..., ¡ay, Dios mío...! ¡Está lavando la ropa...!

EDGAR ALLAN POE

El diablo en el campanario

¿Qué dice el reloj?

(Antiguo dicho)

De modo general todos saben que el lugar más maravilloso del mundo es —o *era*, por desgracia— el municipio holandés de Vondervotteimittiss. Sin embargo, como queda a cierta distancia de los caminos principales, y se encuentra en una ubicación un tanto alejada, quizá muy pocos de mis lectores lo hayan visitado alguna vez. Así pues, en consideración a los que no han podido conocerlo, me pareció apropiado contarles algunos detalles del lugar. Y esto es, en verdad, muy necesario, pues me propongo relatar los hechos calamitosos que ocurrieron dentro de sus confines, con la esperanza de atraer la compasión del público. Quienes me conocen saben que llevaré a cabo el deber que me he impuesto de la mejor manera posible, con toda la rigurosa imparcialidad, el prudente análisis de los hechos y la diligente confrontación con las autoridades que deben distinguir siempre a aquel que aspira al título de historiador.

Con la ayuda de monedas, manuscritos e inscripciones, me siento capacitado para afirmar, en forma positiva, que el municipio de Vondervotteimittiss ha existido desde siempre en las mismas y precisas condiciones en que se encuentra en la actualidad. Sin embargo, con respecto a la fecha de su origen, me temo que sólo puedo hablar con esa especie de precisión indefinida a la que los matemáticos se ven a veces obligados a recurrir en algunas fórmulas algebraicas. Me atrevo a decir que la fecha, dada su increíble antigüedad, no puede ser menor que una cantidad determinada cualquiera.

En cuanto a la etimología del nombre Vondervotteimittiss, confieso, con pesar, que me encuentro igualmente en falta. Entre muchas opiniones sobre este punto tan delicado —algunas sutiles, otras eruditas y aun otras todo lo contrario—, no me es posible elegir ninguna que me sea satisfactoria. Quizá la idea de Grogswigg —similar a la de Kroutaplenttey— pueda aceptarse con cautela. Dice así: *Vondervotteimittiss: Vonder, lege Donder: Votteimittiss, quasi und Bleitziz - Bleitziz obsol: pro Blitzen*. Algunos obvios vestigios de fluido eléctrico en lo alto de la torre de la Municipalidad apoyan aún esta deducción. No obstante, preferiría no comprometerme con un tema de tanta importancia, y le recomiendo al amable lector ávido de mayor información que consulte los *Orantiunculæ de Rebus Præter-Veteris*, de Dundergutz; que vea, también, Blunderbuzzard, *De Derivationibus*, págs. 27 a 5010, infolio, edición gótica, caracteres en rojo y negro, con llamadas y sin signaturas; y que revise asimismo las notas marginales de Stuffundpuff escritas a mano, con los subcomentarios de Gruntundguzzell.

Pese a la oscuridad en torno a la fecha de fundación de Vondervotteimittiss y de la etimología de su nombre, no cabe duda, como ya dije, que ha existido siempre tal y como la encontramos en la actualidad. El hombre más anciano del municipio no puede recordar ni la más leve diferencia en el aspecto de cualquier parte de la aldea; y, en verdad, incluso la insinuación de tal posibilidad se considera un insulto. El pueblo está ubicado en un valle perfectamente circular, cuya circunferencia mide cerca de cuatrocientos metros, y se halla rodeado en su totalidad de apacibles colinas. Hasta hoy, la gente del lugar nunca se ha atrevido a rodear las cimas. Justifican este hecho con la excelente razón de que no creen que haya nada en absoluto al otro lado.

En los lindes del valle (que es bastante llano y está pavimentado en toda su amplitud con baldosas planas) se extiende una fila continua de sesenta casas pequeñas. Éstas, que les dan la espalda a las colinas, miran, por supuesto, hacia el centro de la llanura que se encuentra a sesenta metros de la puerta principal de cada vivienda. Cada una tiene un jardín delantero, un sendero circular, un reloj de sol y veinticuatro repollos. Las construcciones son tan iguales que resulta imposible distinguir una de otra. Debido a su extrema antigüedad, el estilo de la arquitectura es algo extraño, pero no por ese motivo deja de ser menos pintoresco e impactante. Las casas están edificadas con pequeños ladrillos rojos endurecidos al fuego, con bordes negros, de modo que las paredes parecen un tablero de ajedrez a gran escala. Los aguilones miran al frente, y hay cornisas, tan grandes como el resto de la casa, sobre los aleros y las puertas principales. Las ventanas son angostas y profundas, con paneles de vidrio diminutos y enormes marcos. En el techo hay gran cantidad de tejas de largos bordes curvos. La madera es en general de tonalidades oscuras, y muy tallada, pero con diseños poco variados, ya que, desde tiempos inmemoriales, los talladores de Vondervotteimittiss nunca han esculpido más de dos objetos: un reloj y un repollo. Pero los hacen muy, muy bien, y los intercalan, con singular ingenio, donde quiera que puedan utilizar el cincel.

Las viviendas son muy parecidas tanto por dentro como por fuera, y los muebles son todos de un único modelo. Los pisos están cubiertos de baldosas cuadradas, y las sillas y mesas son de madera negra con patas finas y corvas. Las repisas de las chimeneas se yerguen altas y anchas, y no sólo tienen relojes y repollos tallados en el frente, sino que además sostienen en el centro de la parte superior un auténtico reloj que produce un prodigioso tictac, aparte de los floreros que contienen un repollo cada uno, ubicados en los extremos a modo de escolta. Entre cada repollo y reloj hay un chino pequeño, panzón, con un gran agujero en el medio de la barriga a través del cual se puede ver la esfera de un reloj.

Las chimeneas son grandes y profundas, con caballetes de hierro retorcido. Siempre arde un gran fuego, sobre el que pende una enorme olla llena de *sauerkraut* y carne de cerdo, que la dueña de casa se ocupa siempre de vigilar. Es una mujer gorda y entrada en años, de estatura pequeña, con ojos celestes y mejillas coloradas, y lleva puesta una enorme gorra que parece un pan de azúcar, adornada con cintas violáceas y amarillas. El vestido es de tela burda hecha de algodón y lana, de color naranja, largo por detrás y corto en la cintura, en verdad muy corto en otros aspectos, pues le llega apenas a la mitad de la pierna. Éstas son un tanto gruesas, y también los tobillos, pero las tiene cubiertas por un par muy fino de medias verdes. Los zapatos, de cuero rosado, están atados con cintas amarillas recogidas en lazos con forma de repollo. En la mano izquierda lleva un pequeño y pesado reloj holandés; y en la derecha sostiene un cucharón para el *sauerkraut* y el cerdo. A sus pies se encuentra un gato gordo de rayas atigradas, al que los muchachos le han atado en la cola, a modo de broma, un relojito dorado de repetición.

En ese momento, los tres muchachos están en el jardín cuidando al cerdo. Cada uno mide menos de un metro de altura. Llevan puestos sombreros de tres picos ladeados, chalecos de color violáceo que les llegan hasta los muslos, calzones cortos de cuero de ante, medias de lana rojas, zapatones pesados con gruesas hebillas de plata y largos sobretodos con grandes botones de madreperla. Asimismo, cada uno tiene una pipa en la boca y un pequeño reloj redondo en la mano derecha. Lanzan una bocanada de humo y miran; miran y lanzan una bocanada de humo. El cerdo, que es corpulento y perezoso, se entretiene unas veces en recoger las hojas sueltas que caen de los repollos, y otras, en patear el relojito dorado de repetición que los niños traviesos también le han puesto en la cola, para que se vea tan apuesto como el gato.

Justo en la puerta principal, en una butaca de respaldo alto y asiento forrado en cuero, de patas finas y corvas como las de las mesas, está sentado el mismísimo dueño de casa, ya anciano. Es un viejito hinchado en exceso, de grandes ojos redondos y una enorme doble papada. El traje que lleva puesto se parece al de los niños, y no necesito abundar en descripciones. La diferencia radica en que su pipa es un poco más grande que la de los niños, lo que le permite lanzar mayor cantidad de humo. Igual que ellos, posee un reloj, pero lo guarda en el bolsillo. A decir verdad, tiene algo mucho más importante que hacer que mirar el reloj, y eso es lo que les explicaré a continuación. Está sentado con la pierna derecha apoyada sobre la rodilla izquierda, tiene una expresión grave en el rostro y conserva siempre los ojos fijos, al menos uno de ellos, en cierto objeto notable en el medio de la llanura.

El objeto está situado en la torre de la Municipalidad. Los miembros del Consejo son hombres diminutos, rechonchos, adulones e inteligentes, con ojos grandes como platos y enormes papadas gordas. Lucen sobretodos más largos, y las hebillas de sus zapatos son más grandes que las del resto de los habitantes comunes de Vondervotteimittiss. Desde que resido en el municipio, han celebrado varias reuniones extraordinarias en las que adoptaron tres resoluciones importantes:

«Está mal alterar el curso normal de las cosas»,

«No hay nada tolerable fuera de Vondervotteimittiss», y

«Nos mantendremos fieles a nuestros relojes y repollos.»

Sobre la sala de audiencias del Municipio se encuentra la torre y en la torre se halla el campanario, donde está, y ha estado desde tiempos inmemoriales, el orgullo y maravilla del pueblo: el gran reloj del municipio de Vondervotteimittiss. Y éste es el objeto al que se vuelven los ojos de los viejos caballeros sentados en butacas de asiento forrado en cuero.

En gran reloj tiene siete esferas —una en cada uno de los siete lados de la torre—, de modo que se puede ver sin dificultad desde todos los puntos cardinales. Las esferas son grandes y blancas, y las agujas, pesadas y negras. Hay un campanero cuya única tarea consiste en cuidar del reloj, pero esta tarea es la más perfecta de las sinecuras, pues el reloj de Vondervotteimittiss, que se sepa, nunca ha sufrido ningún desarreglo. Hasta hace poco, la simple suposición de semejante cosa era considerada una herejía. Desde los períodos más remotos registrados en los archivos, la campana ha tocado las horas con regularidad. Y, en efecto, lo mismo ha ocurrido con los demás relojes del municipio. Nunca ha existido ningún lugar donde la hora fuera más precisa, exacta y puntual. Cuando el gran badajo juzgaba apropiado cantar «¡Las doce!», todos sus obedientes seguidores abrían las gargantas a la vez y respondían como si fueran un auténtico eco. En pocas palabras, los buenos burgueses apreciaban su *sauerkraut*, pero al mismo tiempo estaban orgullosos de sus relojes.

Las personas que gozan de sinecuras son objeto de mayor o menor veneración, y como el campanero de Vondervotteimittiss posee la más perfecta de las sinecuras, es el hombre más perfectamente respetado en el mundo entero. Es el dignatario principal del municipio, y hasta los cerdos lo contemplan con cierto sentimiento de reverencia. Los faldones de su chaqueta son *mucho* más largos —su pipa, las hebillas de sus zapatos, sus ojos, su barriga son *mucho* más grandes— que los de cualquier otro viejo caballero del pueblo; y en cuanto a su papada, no es sólo doble, sino triple.

He descrito, pues, el feliz estado de Vondervotteimittiss. ¡Ay, qué desdicha que cuadro tan idílico estuviera condenado a sufrir la peor de las desgracias!

Desde hace mucho tiempo los sabios del pueblo han repetido hasta el cansancio que «nada bueno puede venir del otro lado de las colinas»; y en realidad estas palabras contenían en sí, al parecer, el espíritu de la profecía. Faltaban cinco minutos para las doce del mediodía, en el día de anteayer, cuando apareció un objeto de aspecto extraño en la cumbre de los cerros hacia el Este. Por supuesto, el hecho atrajo la atención de todo el mundo, y cada uno de los viejos y diminutos caballeros sentados en butacas de asiento forrado en cuero volvió uno de sus ojos, lleno de abatimiento, hacia el fenómeno, mientras mantenía el otro fijo en el reloj de la torre.

Cuando ya sólo faltaban tres minutos para las doce del mediodía, se comprobó que el raro objeto era un diminuto personaje de aspecto extranjero. Bajaba por las colinas con gran rapidez, de modo que todos pudieron divisarlo enseguida con diáfana claridad. Nunca habían visto en Vondervotteimittiss a nadie más delicado y pequeñito. Tenía el semblante oscuro, del color del tabaco, una larga nariz aguileña, ojos del tamaño de arvejitas, boca ancha, y una excelente dentadura que parecía ansioso por mostrar, pues sonreía de oreja a oreja. Entre el bigote y las patillas, ya quedaba poco por ver del rostro. Llevaba la cabeza descubierta y el cabello peinado con rizos envueltos en papillotes. El traje se componía de una chaqueta de gala negra ajustada (de uno de los bolsillos colgaba la punta larga de un pañuelo blanco), calzones negros de casimir, medias negras y gruesos escarpines atados con grandes lazos hechos con cintas de satén negro. Bajo un brazo sostenía un enorme *chapeau-de-bras* y, bajo el otro, un violín cinco veces más grande que él. En la mano izquierda tenía una tabaquera de oro, de la que tomaba rapé sin interrupción con la actitud más presumida del mundo, mientras bajaba brincando por la colina con toda clase de pasos fantásticos. ¡Dios nos libre! ¡Qué espectáculo para los honorables burgueses de Vondervotteimittiss!

Para decirlo con franqueza: a pesar de su sonrisa, el personaje tenía un rostro atrevido y siniestro. Y mientras brincaba juguetón hacia el pueblo, la singular apariencia de sus escarpines empezó a despertar no pocas sospechas. Más de un burgués que lo miraba ese día hubiera dado cualquier cosa por husmear debajo del pañuelo blanco de batista que colgaba de modo tan ostentoso del bolsillo de la chaqueta de gala. Pero, sobre todo, lo que despertó la más justa indignación fue que el vil bribonzuelo, mientras ejecutaba tan pronto un fandango como una pirueta, no parecía tener ni la más remota idea de lo que significaba *seguir el compás* de los pasos y medirles el tiempo.

Entretanto, la buena gente del municipio no había tenido aún la posibilidad de abrir los ojos del todo, cuando, justo medio minuto antes de que dieran las doce del mediodía, el pillo irrumpió entre los habitantes. Hizo un *chassez* aquí, un *balancez* allá, y entonces, después de una *pirouette* y un *pas-de-zephyr*, compuso una figura de fantasía que lo elevó hasta el campanario de la Municipalidad, donde el campanero fumaba estupefacto en un estado entre digno y abatido. Pero la pequeña criatura lo agarró de inmediato de la nariz, a la que le dio una sacudida y un tirón, le hundió con fuerza el gran *chapeau-de-bras* en la cabeza, le tapó los ojos y la boca con el ala; y luego, levantando el enorme violín, lo golpeó con el instrumento durante tanto rato y con tal violencia que, siendo el campanero tan gordo y el violín tan hueco, cualquiera hubiera jurado que todo un regimiento de enormes tambores tocaba redobles infernales en el campanario de la torre de Vondervotteimittiss.

No hay modo de saber qué acto temerario de venganza hubiera inspirado en los habitantes este cínico ataque, de no haber sido por el importantísimo hecho de que faltaba medio segundo para que dieran las doce del mediodía. Iba a sonar la campana y era cuestión de absoluta y suprema necesidad que todos miraran sus relojes. No obstante, resultaba evidente que justo en ese momento el pillo en la torre estaba haciendo algo con el reloj que no tenía ningún derecho a hacer. Pero como en ese momento empezaba a tocar, nadie tenía tiempo para advertir sus maniobras, porque todos tenían que contar los tañidos de la campana.

—¡Una! —cantó el reloj.

—¡Und! —replicó cada uno de los viejos y diminutos caballeros, en cada una de las butacas de asiento forrado en cuero de Vondervotteimittiss.

—¡Una! —respondió también su reloj.

—¡Und! —continuó el reloj de su frau.

Y:

—¡Und! —dijeron los relojes de los niños, y los relojitos dorados de repetición de las colas del gato y el cerdo.

—¡Dos! —continuó la enorme campana.
Y:
—¡Dwo! —repitieron todos los mecanismos de los relojes repetidores.
—¡Tres! ¡Cuatro! ¡Cinco! ¡Seis! ¡Siete! ¡Ocho! ¡Nueve! —repicó la campana.
—¡Drez! ¡Kuatro! ¡Zinko! ¡Sech! ¡Sieb! ¡Otto! ¡Neuven! —contestaron los otros.
—¡Once! —gritó la grande.
—¡Jonze! —confirmaron las pequeñas personas.
—¡Doce! —exclamó la campana.
—¡Dwoce! —respondieron, perfectamente satisfechos, bajando la voz.
—¡Jan dado laz dwoce! —prorrumpieron todos los diminutos y viejos caballeros, guardando sus relojes. Pero la campana grande no había terminado todavía.
—¡Trece! —dictó.
—¡Dreze! —exclamaron todos los diminutos y viejos caballeros, empalideciendo, dejando caer las pipas y levantando la pierna derecha que tenían apoyada sobre la pierna izquierda—. ¡Dreze! —gimieron—. ¡Dreze! ¡Dreze! ¡Mein Gott, son las dreze!

¿Cómo describir la terrible escena que se armó? Todo Vondervotteimittiss estalló de pronto en un lamentable alboroto.

—¿Ke pasrá com mein parriga? —gimieron los niños—. ¡Tenjo jamvre jace ein jora!

—¿Ke pasrá com mein kraut? —exclamaron todas las frau—. ¡Están rekozidas jace ein jora!

—¿Ke pasrá com mein pipa? —maldijeron todos

los diminutos y viejos caballeros—. ¡Druenos und relámbajos! ¡Deve estar apajada jace ein jora! —y volvieron a llenarlas de tabaco muertos de rabia; se sentaron en sus butacas y empezaron a lanzar bocanadas con tanta rapidez y furia que el humo más denso e impenetrable cubrió de inmediato todo el valle.

Entretanto, los repollos se iban poniendo cada vez más colorados, y parecía que el mismo diablo se había apoderado de todo lo que tenía forma de reloj. Los relojes tallados en los muebles empezaron a bailar como si estuvieran embrujados, mientras que los que se encontraban en las chimeneas apenas si podían contener la ira y se empecinaban en tocar sin detenerse las trece horas, con tantos zarandeos y ondulaciones de los péndulos, que resultaba demasiado espantoso a la vista. Pero lo peor de todo era que ni los gatos ni los cerdos podían seguir soportando el comportamiento de los relojitos de repetición atados a sus respectivas colas, y lo demostraban corriendo por todo el lugar, rascando y hurgando, chillando y gritando, maullando y berreando, lanzándose a las caras, metiéndose debajo de las enaguas de las personas y produciendo la estridencia y confusión más abominable que cualquier persona sensata pudiera imaginar. Y lo que es peor, era evidente que el pequeño y pícaro bribón de la torre estaba ejerciendo al máximo sus nefastas habilidades. De cuando en cuando, el pillo se dejaba ver a través del humo. Allí estaba sentado en el campanario encima del campanero, que yacía de espaldas en el suelo cuan largo era. El villano sostenía entre los dientes la soga de la campana y la sacudía sin parar con la cabeza, creando tal barullo, que los oídos me vuelven a zumbar de sólo recordarlo. Tenía en las faldas el enorme violín, que rascaba sin ritmo ni armonía con ambas manos, pretendiendo hacer una gran interpretación, el imbécil, de la melodía *Judy O'Flannagan y Paddy O'Rafferty.*

Puesto que la situación había llegado a un estado tan lamentable, abandoné con repugnancia el lugar. Y ahora solicito la ayuda de todos los amantes de la hora exacta y del buen sauerkraut. Vayamos todos en masa al municipio y restablezcamos el antiguo orden en Vondervotteimittiss, expulsando de la torre al hombrecito aquel.

MARCEL SCHWOB

La peste

> *CCCCI e mille l'an corant*
> *Nella città di Trento Rè Rupert*
> *Volle lo scudo mio esser copert*
> *De l'arme suo Lion d'oro rampant.*
>
> Cronica de Pitti

A Auguste Bréal

Yo, Bonacorso de Neri de Pitti, hijo de Bonacorso, confaloniero de justicia de la comuna de Florencia, cuyo escudo fue cubierto en el año 1401, por orden del rey Ruperto, en la ciudad de Trento, con un león de oro rampante, quiero referir, para bien de mis descendientes nobles, lo que me sucedió cuando comencé a recorrer el mundo en busca de aventuras.

En el año MCCCLXXIV, joven y sin dinero, huí

de Florencia por uno de los grandes caminos con Matteo, mi compañero. La peste había devastado la ciudad. La enfermedad era súbita, y atacaba en plena calle. Los ojos se ponían rojos y ardientes, la garganta enronquecía y el vientre se hinchaba. Luego, la lengua y la boca se cubrían de pequeñas bolsas llenas de agua irritante. El enfermo se sentía poseído por la sed. Una tos seca los agitaba durante muchas horas. Después, los miembros se ponían rígidos en las articulaciones, la piel quedaba salpicada de manchas rojas e hinchadas, que algunas personas llaman bubas. Al final, los muertos terminaban con el rostro distendido y blancuzco, magulladuras sangrantes y la boca abierta como una corneta. Las fuentes públicas, secas por el calor, estaban rodeadas de hombres encorvados y escuálidos que intentaban mojarse la cabeza. Muchos caían dentro y los sacaban después con los ganchos de las cadenas, negros por el fango y con el cráneo destrozado. Los cadáveres parduscos cubrían los senderos por los que, durante la estación, corre el torrente de la lluvia; el olor se volvía insoportable y el temor era terrible.

Pero Matteo era un buen jugador de dados; mucho nos alegramos en cuanto salimos de la ciudad, y bebimos vino, en el primer hostal que encontramos, en honor a nuestra salvación de la mortandad. Nos encontramos allí con mercaderes de Génova y Pavía; los desafiamos, cubilete en mano, y Matteo ganó doce ducados. Por mi parte, los reté a un juego de mesa, y tuve la buena suerte de embolsarme veinte florines de oro. Con esos ducados y florines compramos mulas y un cargamento de lana; y Matteo, que había decidido ir a Prusia, consiguió una provisión de azafrán.

Recorrimos los caminos de Padua a Verona, luego regresamos a Padua para abastecernos de más lana, y continuamos nuestro viaje hasta Venecia. De allí, cruzamos el mar, entramos en Eslavonia, visitamos bellas ciudades y llegamos hasta los límites de Croacia. En Buda me enfermé de fiebre y Matteo me dejó solo en el hostal, con doce ducados, y volvió a Florencia, donde lo requerían ciertos negocios, y donde se suponía que debía encontrarme con él. Me quedé en una habitación seca y polvorienta, tendido sobre un costal de paja, sin médico, y con la puerta abierta a la taberna. La noche de San Martín, llegó una compañía de pífanos y flautistas, y con ella, unos quince o dieciséis soldados venecianos y tudescos. Después de beber una buena cantidad de jarros, aplastar las tazas de estaño y arrojar los cántaros contra la pared, comenzaron a bailar al son de un pífano. Sus caras rojas y regordetas pasaron delante de mi puerta, y, cuando me vieron recostado sobre el costal, decidieron arrastrarme por la taberna, gritando «¡O bebes, o mueres!», tras lo cual me lanzaron al aire repetidas veces con la manta, mientras la fiebre me martillaba la cabeza, y terminaron por meterme en el costal y cerrarme la abertura alrededor del cuello.

Sudé mucho, por lo que, sin duda, me bajó la fiebre, aunque ardía en cólera. Tenía los brazos trabados y me habían quitado el alfanje, con el cual me hubiera arrojado sobre los soldados, incluso cubierto de paja. Pero en la cintura, debajo de las calzas, tenía un cuchillo corto envainado; logré deslizar la mano y con él pude cortar la tela del costal.

Quizá la fiebre aún me enardecía la cabeza, pero el recuerdo de la peste que habíamos dejado atrás en Florencia, y que luego se expandió por Eslavonia, se unió en mi mente a una idea que me había hecho del rostro de Sila, el dictador latino del que habla Cicerón. Según decían los atenienses, el dictador parecía una mora espolvoreada de harina. Decidí aterrorizar a los soldados venecianos y tudescos, y como estaba en medio de un cuartucho donde el hotelero guardaba sus provisiones y las frutas en conserva, rompí rápidamente un saco lleno de harina de maíz. Me froté el rostro con el polvo, y cuando adquirí un color entre amarillo y blanco, me hice una pequeña herida en el brazo con el cuchillo y me embadurné con sangre para manchar la capa de harina en forma irregular.

Luego volví a meterme en el costal y esperé a los bandidos borrachos. Por fin llegaron, riéndose y tambaleándose; en cuanto me vieron la cara blanca y sangrienta empezaron a chocarse entre ellos y a gritar: «¡La peste, la peste!».

No había recuperado las armas, y el hostal ya estaba vacío. Me sentía curado, gracias a la transpiración que me causaron aquellos rufianes, así que emprendí el viaje a Florencia, donde debía reunirme con Matteo.

Encontré a mi compañero Matteo vagando por la campiña florentina y muy maltrecho. No se atrevía a entrar en la ciudad, pues la peste seguía causando estragos. Cambiamos de rumbo y nos dirigimos, en nuestra búsqueda de fortuna, hacia los Estados del papa Gregorio. Subimos en dirección a Aviñón y nos cruzamos con bandas de hombres armados, que portaban lanzas, picas y archas: al parecer los ciudadanos de Bolonia se había rebelado contra el papa, a petición de los florentinos (lo cual ignorábamos). Allí, armamos buenos juegos con los miembros de uno y otro partido, tanto en la mesa como en los dados, de suerte que ganamos alrededor de trescientos ducados y ochenta florines de oro.

La ciudad de Bolonia estaba casi abandonada, y nos recibieron en las casas de baños con gritos de júbilo. Los cuartos no estaban tapizados de paja como en otras ciudades lombardas; no faltaban camastros, aunque los catres estaban rotos en su mayoría. Matteo se encontró con una amiga florentina, Monna Giovanna. Por mi parte, como no me interesaba conocer el nombre de mi acompañante, quedé satisfecho.

Bebimos en abundancia el vino local y cerveza, y comimos confituras y pastelillos. Cuando le conté mi aventura a Matteo, fingió que iba al retrete, bajó a la cocina y regresó disfrazado de enfermo de la peste. Las muchachas de los baños salieron disparadas, lanzando gritos agudos, hasta que se tranquilizaron y se acercaron a tocar, aún temerosas, el rostro de Matteo. Monna Giovanna no quiso volver con él y se quedó temblando en un rincón, mientras repetía que Matteo tenía fiebre. Entretanto, Matteo —que estaba muy borracho— apoyó la cabeza entre las vasijas dispersas sobre la mesa, que se sacudía a causa de sus ronquidos, y en ese momento empezó a parecerse a una máscara de madera pintada, como las que usan los saltimbanquis en sus representaciones callejeras.

Finalmente nos fuimos de Bolonia, y después de muchas aventuras llegamos a Aviñón, donde nos enteramos de que el papa metía en la cárcel a todos los florentinos y los mandaba quemar junto con sus libros, como venganza por la rebelión. Pero fuimos advertidos demasiado tarde, pues los sargentos del mariscal del papa nos sorprendieron a mitad de la noche y nos arrojaron a las mazmorras de Aviñón.

Antes de la tortura, fuimos interrogados por un juez que nos condenó, en forma provisoria, al calabozo, hasta que se iniciara el proceso, y a pan y agua, como es costumbre en la justicia eclesiástica. Por suerte, logré esconder entre la ropa nuestra bolsa, que contenía un poco de polenta y aceitunas.

El fondo del calabozo estaba lleno de lodo, y nuestra fuente de aire era un respiradero enrejado a ras del suelo, que daba al patio de la prisión. Nos introdujeron los pies por los agujeros de unos cepos de madera muy pesados y teníamos las manos sujetas con cadenas flojas, de manera tal que nuestros cuerpos se tocaban de la rodilla al hombro. El encargado de la guardia nos hizo el favor de decirnos que éramos sospechosos de envenenamiento, ya que el papa había sabido, por ciertos embajadores, que los confalonieros de la comuna de Florencia abrigaban el propósito de matarlo.

Allí estábamos, en la penumbra de la prisión, sin oír un solo ruido, ignorantes de la hora del día o de la noche, con el grave peligro de terminar en la hoguera. Recordé entonces nuestra estratagema, y concebí la idea de que la justicia papal quizá nos echara de la prisión por temor a la enfermedad. Con gran trabajo logré alcanzar mi polenta y decidimos que Matteo se embadurnaría el rostro y se mancharía con sangre mientras yo gritaba para atraer a los esbirros. Matteo preparó su máscara y comenzó a dar aullidos roncos, como si estuviera enfermo de la garganta. Yo invoqué a Nuestra Señora mientras sacudía las cadenas. Pero el calabozo era profundo, la puerta demasiado gruesa, y caía la noche. Suplicamos en vano durante varias horas. Por fin dejé de gritar, pero Matteo siguió gimiendo. Le di un golpe con el codo para que descansara hasta que despuntara el día; sus gemidos se volvieron más fuertes. Lo toqué en la oscuridad; mis manos apenas llegaban a su vientre, que me pareció hinchado como un odre. Y entonces el miedo se apoderó de mí, pero seguíamos atados sin poder movernos. Mientras Matteo gritaba con voz ronca «¡Agua, agua!», de un modo semejante al aullido desesperado de una jauría desenfrenada, irrumpió la pálida claridad del alba a través del respiradero. Entonces un sudor frío me recorrió los miembros, porque, debajo de la máscara de polvo con manchas de sangre seca, noté que estaba lívido, y reconocí las costras blancas y las supuraciones rojas de la peste de Florencia.

HENRYK SIENKIEWICZ

Sachem

Quién hubiera imaginado esa noche, al contemplar aquel circo monumental que se levantaba en la plaza principal de Antílope, que apenas quince años antes no había ni señales de aquel pueblo tan floreciente. Ningún blanco se hubiera arriesgado entonces a acercarse a la confluencia de los dos ríos donde lo habían construido. Las pocas chozas indias diseminadas por el lugar causaban terror a los colonos alemanes de la región. Sus ocupantes, indios de Texas, conocidos como los Serpientes Negras, sabían defender a muerte su territorio, y más de una cabeza de europeo imprudente padeció el horror del escalpelo.

Sin embargo, tal como estaban las cosas, la situación no podía durar mucho tiempo más.

Una noche de luna llena, varios centenares de caras pálidas cayeron sobre la aldea dormida. A la mañana siguiente el triunfo de la buena causa de la civilización era total. Chiavatta —así se llamaba la aldea indígena— fue incendiada, y pasaron a cuchillo a todos sus habitantes, sin distinción de edad ni de sexo. Sólo escaparon a la masacre algunos guerreros que en esa estación del año solían cazar en las llanuras.

No bien quedó arrasada la aldea, a sus destructores se les ocurrió que se trataba de un buen lugar para establecerse, así que no tardó en surgir de las cenizas de la Chiavatta bárbara, con la ayuda de la inmigración alemana, una Antílope civilizada.

En menos de cinco años la poblaban dos mil habitantes; y esa cantidad se duplicó y muy pronto se triplicó gracias a la explotación de las minas de mercurio de la comarca.

Conforme a la ley de Lynch, diecinueve guerreros Serpientes Negras —los últimos que lograron capturar— fueron ahorcados siete años después del triste y trágico fin de los suyos, en la misma plaza donde esa noche tocaba, a todo meter, la banda del circo.

Con gran ruido y estridencia sonaba la banda, y tendría que haber sido muy perspicaz el que hubiese podido distinguir, entre el público que esperaba el comienzo del espectáculo —ricos comerciantes y modestos trabajadores—, a los hombres despiadados que, quince años atrás, incendiaron y degollaron a los pobladores indios en esa misma plaza festiva.

Los curiosos se amontonaban por millares en las gradas del circo. ¿A qué se debía tanto éxito? ¿Quizá al legítimo deseo de divertirse un rato después de un fatigoso día de trabajo? ¿Tal vez al orgullo de ser honrados con la compañía del célebre circo Dean, cuya visita ponía de relieve, a todas luces, la importancia del pueblo? Por estas razones, sin duda alguna, pero también por otra más importante.

El número dos del programa decía:

Danza en la cuerda floja a quince metros del suelo, con acompañamiento de música, por el célebre acróbata Sachem, «el Buitre Rojo», jefe de los Serpientes Negras, último descendiente real de la raza y único sobreviviente de la tribu.

Una vez, el honorable señor Dean contó en la Taberna que, quince años atrás, al pasar por Santa Fe, se encontró con un viejo indio moribundo, acompañado de un niño. Antes de morir, el viejo le dijo que el muchacho, hijo del Sachem de los Serpientes Negras, era el heredero legítimo de su padre asesinado, y como tal le correspondía ser el jefe indiscutido de la tribu destruida o desperdigada. El hijo, adoptado por la compañía del circo, se convirtió con el tiempo en el primer acróbata. Y el señor Dean, que hasta llegar a Antílope ignoraba lo ocurrido en Chiavatta, se enteró esa noche de que su equilibrista iba a danzar sobre la tumba de su padre.

Y al divulgarse la noticia, el Sachem se convirtió en la *great attraction*. Los burgueses de Antílope fueron en masa al circo, ansiosos de ver al único sobreviviente de una raza que habían aniquilado, para exhibirlo ante sus mujeres e hijos, y ante los recién llegados de Alemania, que nunca en su vida habían visto un indio en persona. Con qué orgullo dijeron:

—¡Miren! ¡Miren! ¡Ése es le último de los Serpientes Negras que nosotros exterminamos!

—*Ah! Herr! Ych!*

¡Qué grata satisfacción para el amor propio! Las exclamaciones de admiración se mezclaban con los relatos de proezas del pasado, mientras que en toda la ciudad se oía una sola palabra, repetida una y otra vez:

—Sachem... Sachem...

Desde la mañana temprano, dominando su terror, los niños más audaces merodeaban por los alrededores del circo y se esforzaban por ver a través de las aberturas, entre las tablas mal puestas... Y los muchachos mayores, envalentonados ese día por un espíritu guerrero, se pavoneaban por la plaza principal, sacando pecho de modo amenazante...

Por fin, dieron las ocho.

Era una noche maravillosa, clara y estrellada.

Desde lejos, la brisa esparcía por el pueblo el perfume del naranjo, mezclado con el aroma de la malta.

Y alumbraban el circo grandes resplandores de luces, provenientes de enormes antorchas de pez que llameaban entre altos penachos de humo negro, y una inmensa araña de petróleo encima de la pista.

Afuera, en la puerta, se agolpaban las personas que no habían podido conseguir entradas. Asistían resignados al desfile de los carruajes de la compañía y, sobre todo, miraban y comentaban la gran pintura de una batalla entre los caras pálidas y los pieles rojas. Detrás del telón, mientas chocaban las jarras de cerveza en las mesas de la cantina, se oían voces que pedían:

Frisch Wasser! Frisch Bier! ¡Agua fresca! ¡Cerveza!

Pero suena una campanilla y se hace un profundo silencio.

Aparecen seis palafreneros, calzados con botas, y se ubican en dos filas delante de la entrada de la pista, cerca de las caballerizas.

Irrumpe entre las filas un caballo al galope, sin riendas ni montura, sobre el que cabalga una nube de muselina, cintas y tules.

Lina, la *écuyère*, hace su aparición.

Empieza la función, con el acompañamiento de la orquesta.

Lina es tan bella que la joven Matilde, hija del cervecero de Oppunciagasse, llena de inquietud, se inclina hacia el joven Floss, su vecino y propietario de una *grocery*, y le murmura al oído:

—¿Me amarás siempre?

Galopa el caballo. Resopla como una locomotora. Restallan los látigos en el aire.

Los payasos, varios de los cuales se han lanzado a la pista detrás de la bailarina, se desgañitan gritando y se pegan sonoras bofetadas, mientras que la bailarina gira sin parar sobre el lomo de su corcel.

Estallan los aplausos, y se multiplican cuando ella desaparece detrás de la cortina.

¡El espectáculo es magnífico!

Pero la palabra ¡Sachem!, ¡Sachem! corre de boca en boca entre los espectadores en cuanto cesan los aplausos.

Y mientras los payasos, ante la indiferencia general, ejecutan sus muecas simiescas, los palafreneros traen grandes tablados de madera que colocan en ambos extremos de la pista.

Los músicos han dejado de tocar el *Yankee-Doodle*, y entonan la lúgubre aria del comendador de *Don Giovanni*.

En ese momento, los mozos del circo tienden el alambre entre los dos tablados.

De pronto, el haz rojo de las bengalas surge en la entrada e inunda la pista con sus sangrientos reflejos.

Todos esperan angustiados al terrible Sachem, el último de los Serpientes Negras.

Pero ¿qué ocurre?

No es el indio el que aparece, sino el director de la compañía en persona, el honorable señor Dean.

Saluda al público y toma la palabra:

—Humildemente suplico a los honorables y benévolos *gentlemen*, así como a las no menos honorables *ladies*, que se queden quietos, no aplaudan y guarden el más absoluto silencio, porque el jefe indio está irritado y más furioso que de costumbre.

Las palabras causan una gran impresión, y ¡cosa curiosa!, esas mismas personalidades de Antílope que destruyeron Chiavatta hace quince años experimentan en ese momento una sensación muy desagradable.

Hace apenas un instante, mientras la bella Lina ejecutaba piruetas sobre el caballo, todos ellos estaban contentos de hallarse cerca de la pista, en ese lugar bajo desde el cual podía apreciarse la totalidad del espectáculo. Ahora, no obstante, lanzan miradas tristes a las gradas más altas del circo, sintiendo, contra las leyes de la física más elementales, que cuanto más abajo están, más se asfixian.

¿Recordaría el Buitre Rojo el pasado? ¿Acaso no había crecido en el seno de la compañía del honorable señor Dean, compuesta de alemanes? ¿Sería posible que no hubiese olvidado? Parece increíble.

El ambiente, quince años de vida de circo, el éxito embriagador, sin duda todo ello ha influido en el alma del Serpiente Negra.

¡Chiavatta! ¡Chiavatta!

Y ellos mismos, los buenos alemanes, ¿acaso no se hallaban en un país que no era el suyo, lejos de su patria, y sólo pensaban en ella cuando el *business* lo permitía?

Ante todo, por cierto, lo más importante es comer y beber.

El último de los Serpientes Negras —como los burgueses de Antílope— estaba convencido, sin duda, de esta gran verdad.

Pero un silbido salvaje proveniente de los establos interrumpe de repente las reflexiones de los espectadores. Y Sachem, después de la impaciente espera a la que ha sometido al público, al fin aparece en la pista.

Se oyen, como un murmullo que surge de la muchedumbre, estas palabras:

—¡Es él! ¡Es él!

Y enseguida, el más absoluto silencio.

Sólo las bengalas crepitan en la puerta.

Todas las miradas se clavan en la figura del jefe indio que se yergue en el circo... sobre la tumba de los suyos.

Tiene el aspecto majestuoso... y la altivez de un rey.

La capa forrada de armiño blanco, emblema de los jefes de tribu, le cubre el porte altanero, el cuerpo ágil, y tan salvaje que evoca al temible jaguar.

La cara, como esculpida en bronce, recuerda la cabeza del águila. Y le brillan los ojos con un frío resplandor, dos auténticos ojos de indio, serenos, e incluso indiferentes.

Deja vagar la vista sobre la multitud, como si quisiera elegir una víctima.

Le tiemblan las plumas en la cabeza. Del cinto penden un hacha y un cuchillo para arrancarles a las víctimas el cuero cabelludo.

En la mano, sin embargo, no sostiene un arco, sino una larga pértiga, el balancín del equilibrista de la cuerda floja.

Y entonces, cuando se detiene en el centro de la pista, lanza un espeluznante grito de guerra.

Es el alarido de los Serpientes Negras.

Los que aniquilaron a la población de Chiavatta recuerdan bien aquel aullido siniestro. Y, quién lo creería, los mismos que quince años atrás no temblaron ante ese bramido de los guerreros indios, sienten en ese momento que el sudor les cubre la frente.

—¡Silencio!

El director se acerca al jefe indio y le habla como si quisiera apaciguarlo y calmarlo.

¿La fiera ha sentido el efecto del freno?

Sin duda, porque ahora, calmado, Sachem se balancea sobre la cuerda de alambre.

Con los ojos clavados en la enorme araña de petróleo, avanza.

El alambre se dobla con fuerza y por momentos se vuelve invisible: parece que el indio flotara en el aire. Sube, desciende, avanza, retrocede, avanza de nuevo, buscando el equilibrio. Sus brazos extendidos, cubiertos por la capa de armiño, semejan alas gigantescas. Se tambalea... ¡Se va a caer! ¡No! ¡Se endereza! Estallan, contenidos, breves aplausos, y luego se apagan. Y entonces el rostro del jefe indio adquiere una expresión aterradora.

Un resplandor terrible brilla en su mirada fija en las antorchas, y de pronto del pecho le brota un canto de guerra.

¡Qué cosa increíble! ¡El jefe indio canta en alemán! Y el público piensa, con un suspiro de alivio: «¡Ya no conoce la lengua de los Serpientes Negras!»

Pero todo el mundo sigue escuchando el canto que se vuelve cada vez más violento. Es una mezcla de canto y llamado lastimero, salvaje y ronco, lleno de tonalidades feroces. Se oyen estas palabras:

Todos los años, después de las grandes lluvias, quinientos guerreros salían de Chiavatta por los senderos de la guerra, por los caminos de las grandes cacerías de la primavera.

Y cuando regresaban, los cueros cabelludos de los caras pálidas adornaban su cintura, mientras soportaban el peso de la carne y de las pieles de bisonte.

Y en honor de ellos, en las tolderías, cantaban y danzaban llenos de júbilo, para gloria del Gran Espíritu.

¡Chiavatta era feliz! Las mujeres trabajaban en los wigwams, las niñas se convertían en bellas muchachas y los niños aprendían a ser valientes guerreros.

Los guerreros morían en los campos de la gloria y salían de cacería con sus padres en las Montañas de Plata.

Jamás la sangre de mujeres y niños tiñó sus hachas, pues los guerreros de Chiavatta eran hombres generosos.

Chiavatta era poderosa cuando los caras pálidas llegaron del otro lado de los lejanos mares y prendieron fuego a Chiavatta.

Se deslizaron furtivamente en los wigwams mientras todos dormían, y clavaron sus cuchillos en los pechos de los hombres, de las mujeres y los niños.

¡Ya no existe Chiavatta! Sobre su suelo los blancos han construido sus wigwams de piedra. ¡Ya no existe la tribu masacrada! ¡Chiavatta destruida clama venganza!

La voz del jefe indio ha enronquecido.

Su balanceo en la cuerda floja se parece al vuelo del arcángel rojo de la venganza mientras planea inmisericorde sobre la multitud de seres humanos.

Hasta el director Dean se ha puesto inquieto. Un silencio sepulcral reina en el circo sobre el cual se cierne la amenaza del jefe indio.

¡Sólo un niño quedó de toda la tribu! ¡Era pequeño y debilucho, pero juró ante el Espíritu de la Tierra vengar a los suyos!

¡Juró que vería, en medio de un mar de fuego y de sangre, los cadáveres de los caras pálidas, hombres, mujeres y niños por igual...!

Las últimas palabras, apenas articuladas, son más un rugido que un cántico.

De las gradas brota un rumor, parecido al soplo del viento huracanado.

Acucian a las mentes miles de preguntas sin respuesta:

¿Qué va a hacer ese tigre implacable...? ¿Qué presagia...? ¿Se vengará... él... solo? ¿Debemos quedarnos o huir? ¿Defendernos? Pero ¿cómo?

—*Was ist das? Was ist das?* ¿Qué es esto? ¿Qué está pasando? —murmuran las voces aterrorizadas de las mujeres.

Y en ese momento surge del pecho del jefe indio un alarido que no tiene nada de humano.

Se balancea con más violencia, salta sobre el tablado de madera colocado debajo de la enorme araña y levanta hacia ésta la pértiga vengadora.

Un pensamiento pavoroso atraviesa como un relámpago la mente de los miles de espectadores:

—¡Va a romper la lámpara e inundar el circo de petróleo en llamas!

Un grito de terror sale de todas las gargantas.

Pero... ¿qué pasa?

Se oye una orden:

—¡Que nadie se mueva! ¡Que nadie se mueva!

¡El jefe indio ha desaparecido!

¿No ha incendiado el circo? ¿Adónde ha escapado? ¿Dónde se ha escondido?

¡Aquí está! ¡Aquí está de nuevo!

Sachem se ha quedado sin aliento, se lo ve cansando, abatido... Sostiene en la mano un platillo de lata, que pasa entre los espectadores, a la vez que suplica con voz lastimera:

—¡Sean generosos, damas y caballeros! ¡Es mi pequeña ganancia!

Se ensancha el pecho de los espectadores:

«Pero entonces... ¿el canto, la amenaza, la lámpara?», piensa el público. «¿Todo eso formaba parte del programa? ¿Sólo un truco del director? ¿Un golpe de efecto?»

Y un diluvio de monedas de dólar y medio dólar cae sobre el platillo. ¿Quién va a atreverse a despreciar al último de los Serpientes Negras? ¿Acaso Antílope no se levanta sobre las cenizas de Chiavatta?

¡Aquellas buenas personas tienen un gran corazón!

Después del espectáculo, Sachem bebe cerveza con los asesinos de su pueblo, en señal de amistad.

La influencia que ejerce el medio en el Serpiente Negra es evidente.

FRANK R. STOCKTON

¿La dama o el tigre?

Hace mucho, mucho tiempo vivía un rey semibárbaro, cuyas ideas —aunque algo refinadas y pulidas por el carácter progresista de sus vecinos lejanos, los latinos— seguían siendo ampulosas, floridas y desbordantes, tal como correspondía a la mitad aún bárbara de su estirpe. Era un hombre de fantasía exuberante y, además, de tan irresistible poderío que sus caprichos se convertían en realidad con sólo desearlo. Tenía gran predilección por conversar consigo mismo, y en cuanto él y su persona se ponían de acuerdo sobre algo, el asunto se llevaba a cabo sin dilación. Cuando todos los miembros de su régimen doméstico y político seguían con docilidad el curso establecido, su carácter era dulce y jovial, pero cuando surgía el menor tropiezo, y algunos de los orbes se salían de sus órbitas, se volvía aún más dulce y jovial, pues nada lo complacía más que enderezar entuertos y aplastar desniveles.

Entre las adquisiciones que habían logrado suavizar a medias su barbarie estaba la de la arena pública donde, a través de muestras ejemplares de valentía viril o bestial, las mentes de sus súbditos se refinaban y cultivaban.

Pero incluso allí se afirmaba la fantasía exuberante y barbárica. El circo del rey fue construido, no con el propósito de darle al pueblo la oportunidad de oír los éxtasis de los gladiadores moribundos, ni de permitirle contemplar el inevitable desenlace de un conflicto entre opiniones religiosas y fauces hambrientas, sino con fines más aptos para ampliar y desarrollar las energías mentales de los súbditos. El amplio anfiteatro, con las galerías que lo circundaban, las misteriosas bóvedas y los pasajes invisibles, era un agente de justicia poética, donde se castigaba el crimen o se recompensaba la virtud, a través de los decretos imparciales e incorruptibles del azar.

Cuando se acusaba a un súbdito de haber cometido un crimen cuya importancia podía interesar al rey, se anunciaba públicamente que en un día determinado la suerte del acusado quedaría sellada en la arena del soberano, una estructura que tenía bien merecido su nombre. Pues, aunque su diseño y su plano provenían de tierras lejanas, su fin surgió del cerebro de aquel hombre que sólo respetaba la tradición de satisfacer su fantasía, como auténtico rey que era, y que imponía en todas las manifestaciones del pensamiento y de la actividad humana el opulento desarrollo del idealismo barbárico.

Cuando el pueblo se reunía en las galerías, el soberano, rodeado de su corte, se sentaba en el trono real a un costado de la arena y hacía una seña. A sus pies se abría una puerta y el acusado salía al anfiteatro. Frente a él, al otro lado del recinto, había dos puertas idénticas y contiguas. El deber y privilegio del reo consistía en acercarse a las puertas y abrir una de ellas. Podía elegir la que quisiera; no estaba sometido a ninguna orientación o influencia que no fuera la del ya mencionado azar, incorruptible e imparcial. Al abrir una de las dos, surgía un tigre hambriento, el más fiero y cruel que hubiesen podido hallar, el cual se arrojaba de inmediato sobre el acusado y lo destrozaba en mil pedazos como castigo por su culpabilidad. No bien quedaba resuelto de este modo el caso del criminal, doblaban las lúgubres campanas de hierro en señal de duelo, surgían fuertes gemidos de las gargantas de los plañideros contratados para la ocasión, ubicados en el borde exterior de la arena, y el numeroso público, con las cabezas inclinadas y los corazones acongojados, se encaminaba lentamente hacia sus hogares, lamentando con gran pesar que alguien tan joven y atractivo, o tan viejo y respetado, hubiera merecido suerte tan nefasta.

Pero si el reo abría la otra puerta, aparecía una dama, la más apropiada para sus años y posición social entre todos los súbditos femeninos de Su Majestad, y con esa dama lo casaban de inmediato en calidad de premio a su inocencia. No importaba que el acusado ya tuviera esposa y familia, o que sus afectos estuvieran comprometidos con una persona de su propia elección; el rey no permitía que cuestiones tan insignificantes interfirieran en sus grandes proyectos de retribución y recompensa. Igual que en el otro caso, las ceremonias se llevaban a cabo de inmediato, y en la arena. Se abría otra puerta a los pies del rey, y un sacerdote, seguido por un séquito de coristas y doncellas que tocaban alegres melodías en cuernos dorados mientras se movían al ritmo de una danza nupcial, se acercaba hacia donde se hallaba la pareja, uno al lado del otro, y la boda se llevaba a cabo con rapidez y alegría. Entonces repicaban las festivas campanas de bronce en señal de felicidad, la gente daba vivas, y el hombre inocente, precedido de niños que arrojaban flores en su camino, conducía a la novia a su hogar.

Éste era el método semibárbaro del rey para administrar justicia. Su imparcialidad perfecta era obvia. El criminal no podía saber de cuál de las puertas saldría la dama; abría la que quería, sin poder imaginar si, en el instante siguiente, sería devorado o desposado. En algunas ocasiones el tigre salía de una puerta; en otras, de la puerta contigua. Las decisiones del tribunal no sólo eran imparciales, sino también definitivas; el acusado recibía el castigo de inmediato si resultaba culpable, y si demostraba su inocencia, era recompensado en el acto, de buen o mal grado. Era imposible escapar a los juicios de la arena del rey.

La institución llegó a ser muy popular. Cuando la

gente se congregaba en uno de los días de aquellos grandes juicios, nunca sabían si habrían de ser testigos de una matanza sangrienta o de una alegre boda. La incertidumbre le otorgaba a la ocasión un interés que de otro modo no habría tenido. Así pues, las masas se divertían y quedaban satisfechas, y la parte pensante de la comunidad no podía alegar injusticia contra este plan. Pues ¿acaso la decisión no quedaba en manos del propio acusado?

El rey semibárbaro tenía una hija tan exuberante como sus más floridas fantasías, y con un espíritu tan apasionado y autoritario como el suyo. Como suele ocurrir en estos casos, era la niña de sus ojos y la quería más que a toda la humanidad. Entre los cortesanos, había un muchacho que ostentaba esa pureza de sangre y esa humildad de rango que suelen ser comunes en los héroes convencionales de los relatos románticos, esos jóvenes que terminan por enamorarse de las princesas reales. La princesa se sentía muy satisfecha con su amante, pues era atractivo y valiente hasta un grado inigualable en todo el reino, y ella lo amaba con una pasión que contenía la suficiente cantidad de barbarismo para hacerla ardiente y fogosa en extremo. La relación amorosa prosperó alegremente durante varios meses, hasta que un día el rey descubrió de casualidad el amorío. No dudó ni titubeó en cuanto al cumplimiento de su deber. El joven fue encarcelado de inmediato, y se fijó el día del juicio en el circo del rey. Ésta era, pues, una ocasión de especial importancia, y Su Majestad, al igual que todo el pueblo, se interesó muy en especial por los preparativos y el desarrollo del juicio. Nunca antes había ocurrido nada parecido; jamás un súbdito se había atrevido a amar a la hija del rey. Años después, cosas por el estilo se volvieron muy comunes, pero entonces no dejaban de ser nuevas y, en gran medida, pasmosas.

Buscaron, en las jaulas de tigres de todo el reino, a las bestias más salvajes e implacables, a fin de poder elegir para la arena al monstruo más cruel; y jueces competentes examinaron con cuidado las filas de doncellas jóvenes y hermosas de toda la comarca, con el propósito de hallar una novia adecuada para el joven, en caso de que el azar no le deparara un destino diferente. Todo el mundo sabía, por supuesto, que los cargos de la acusación eran ciertos. El muchacho había amado a la princesa; y ni a él, ni a ella, ni a nadie para el caso, se le hubiera ocurrido refutarlo. Pero el rey de ningún modo iba a permitir que un hecho semejante se inmiscuyera en los procedimientos de un tribunal que tanto deleite y satisfacción le procuraba. Más allá del resultado, la suerte del joven estaba echada, y el rey obtendría un enorme placer estético con sólo observar la marcha de los acontecimientos, los cuales determinarían, al fin y al cabo, si el mancebo había hecho bien o mal en amar a la princesa.

Llegó el día fijado. Acudieron gentes desde los lugares más cercanos y lejanos, y abarrotaron las grandes galerías de la arena; y multitudes, sin posibilidades de ingresar, se agolparon en las murallas exteriores. El rey y su corte se ubicaron en sus respectivos sitios, frente a las puertas gemelas, esos fatídicos portales, tan terribles en su igualdad.

Todo estaba listo. Se dio la señal. Se abrió la puerta ubicada debajo del palco real y apareció en la arena el amante de la princesa. Alto, bello, rubio, su entrada fue recibida con un murmullo de admiración y ansiedad. La mitad del público ignoraba que hubiera vivido entre ellos un joven de tanta apostura. ¡No era sorprendente, pues, que la princesa lo amara! ¡Qué terrible situación en la que se encontraba!

Mientras el joven avanzaba por la arena, se dio la vuelta, como era costumbre, para inclinarse ante el rey, pero no pensaba en absoluto en ese personaje real. Tenía los ojos puestos en la princesa, que estaba sentada a la derecha de su padre. De no haber sido por la mitad barbárica de su naturaleza es probable que la dama no hubiese estado allí, pero su alma apasionada y ardiente no le hubiera permitido faltar a una ocasión que le interesaba de modo tan terrible. Desde el instante en que apareció el decreto que decidía la suerte de su amado en el circo del rey, sólo había pensado, noche y día, en ese gran acontecimiento y en los varios aspectos que lo rodeaban. Como tenía más poder, influencia y carácter que cualquier otra persona que se hubiera interesado en un caso semejante, logró lo que nadie había logrado hasta entonces: poseer el secreto de las puertas.

La princesa sabía en cuál de los dos recintos, ubicados detrás de las puertas, se encontraba la jaula del tigre, con la reja abierta, y en cuál esperaba la dama. Era imposible que a través de las macizas puertas, tapizadas con pieles gruesas y pesadas, le llegara ningún ruido o presentimiento a la persona que debía acercarse para abrir el cerrojo de una de ellas. Pero el oro y la fuerza de voluntad propia de la mujer, le revelaron el secreto a la princesa. Y no sólo sabía en cuál de los recintos se encontraba la dama, ya lista para presentarse radiante y sonrojada no bien abrieran la puerta, sino también quién era ella. La doncella elegida para recompensar al joven acusado, si llegaba a demostrar su inocencia tras el delito de pretender a una persona de tan alta alcurnia, era una de las damiselas más bellas y encantadoras de la corte... y la princesa la odiaba.

Había visto a menudo, o creído ver, que esa hermosa criatura le lanzaba miradas de admiración a su amado, y a veces hasta llegó a pensar que las miradas eran advertidas por el joven e incluso correspondidas. En una y otra oportunidad, los había visto conversando, uno o dos momentos solamente, pero mucho puede decirse en tan breve tiempo. Hablaron quizá de cosas sin importancia, ¿pero cómo podría saberlo? La muchacha era encantadora, y sin embargo, se había atrevido a posar los ojos en el amante de la princesa, y con toda la intensidad de la sangre salvaje heredada de infinitas generaciones de antepasados bárbaros, detestaba a la mujer que se ruborizaba y temblaba detrás de la puerta silenciosa.

Cuando el amado se dio la vuelta y las miradas de

ambos se encontraron —mientras la princesa permanecía sentada, más pálida y blanca que ninguna en el vasto océano de rostros angustiados que la rodeaban—, el joven percibió, gracias al poder de la rápida percepción que les es otorgado a los que fusionan sus almas en una sola, que ella sabía detrás de cuál puerta se agazapaba el tigre y detrás de cuál se hallaba la dama. El joven no hubiera esperado menos de la princesa. Conocía su carácter, y dentro de sí, en lo más recóndito de su alma, estaba seguro de que ella no descansaría hasta develar la incógnita, ignorada por todos los presentes, incluso por el rey. La única esperanza certera del joven se basaba en el éxito de la princesa en disipar el misterio; y en el instante en que la miró, supo que lo había logrado, como ya lo sabía en lo más profundo de su alma.

Fue entonces cuando, con una mirada rápida y ansiosa, le lanzó la pregunta: «¿Cuál?» La princesa la comprendió como si se la hubiera hecho a gritos desde donde estaba. No había un momento que perder. La pregunta salió como un rayo y del mismo modo fue respondida.

El brazo derecho de la princesa estaba apoyado sobre el parapeto acolchado. Levantó la mano e hizo un movimiento leve y rápido hacia la derecha. Nadie más que su amante la vio. Todas las miradas estaban fijas en el hombre en la arena.

El joven se dio la vuelta, y con paso seguro y firme caminó a través del espacio vacío. Sin dudar un instante, fue hacia la puerta derecha y la abrió.

Ahora bien, el meollo de esta historia es el siguiente: ¿salió el tigre por esa puerta, o la dama?

Cuanto más lo pensamos, más difícil es la respuesta. Exige un estudio del corazón humano que nos llevaría a través de tortuosos laberintos de pasión, de los que nos sería muy difícil salir. Piénsalo, estimado lector, no como si la decisión dependiera de ti, sino de aquella princesa semibárbara y apasionada, de alma incandescente debajo de los fuegos combinados de la desesperanza y los celos. Lo había perdido, pero ¿quién habría de poseerlo?

¡Cuántas veces, en sueños y en las horas de vigilia, la sobresaltaba el horror y se cubría la cara con las manos al imaginar que su amante abría la puerta donde lo esperaban los crueles colmillos del tigre!

Pero ¡cuántas veces más lo había visto en la otra puerta! Cómo, en sus dolorosos ensueños, rechinaba los dientes y se arrancaba los cabellos al ver el extasiado deleite del joven mientras abría la puerta de la dama. Cómo su alma agonizaba cuando lo veía correr hacia esa mujer, de mejillas sonrojadas y ojos resplandecientes de triunfo; cuando la llevaba del brazo, con todo el cuerpo radiante de felicidad por haber recuperado la vida; cuando oía los gritos jubilosos de la muchedumbre y el tañido alocado de las alegres campanas; cuando veía al sacerdote acercarse a la pareja, seguido de su séquito festivo, para convertirlos en marido y mujer ante sus propios ojos; y cuando los veía alejarse juntos por el sendero de flores, acompañados del impresionante griterío de la dichosa multitud, donde se ahogaba su solitario grito de desesperación y se perdía para siempre.

¿No sería mejor para él morir al instante, y esperarla en las benditas regiones semibárbaras del eterno porvenir?

¡Y sin embargo, ese horrible tigre, esos alaridos, esa sangre!

Había tomado su decisión en un instante, pero solo después de noches y días de angustiosa deliberación. La princesa supo que el joven le haría la pregunta, decidió la respuesta y, sin el menor titubeo, movió la mano hacia la derecha.

El problema de su decisión no debe tomarse a la ligera. Y yo no soy nadie para pretender ser el único capaz de resolverlo. Por lo tanto se lo planteo a ustedes. ¿Quién salió por la puerta? ¿La dama o el tigre?

MARK TWAIN

El cuento californiano

Hace treinta y cinco años estaba buscando oro en el río Stanislaus, y andaba por todos lados con pico, batea y morral, lavando aquí y allá puñados de polvo con la esperanza de encontrar una veta rica, sin conseguirlo jamás. Era una región agradable, arbolada, fragante, deliciosa, y fue muy poblada alguna vez, hace muchos años, pero ahora la gente se había ido y el encantador paraíso era todo soledad. Se fueron cuando las excavaciones se agotaron. En un lugar donde hubo una pequeña ciudad muy activa, con bancos, periódicos, bomberos, y un intendente y concejales, apenas quedaba una vasta extensión de césped color esmeralda, sin la más mínima señal de que alguna vez hubiesen vivido seres humanos allí. Estaba cerca de Tuttleton.

En los campos vecinos, a lo largo de los caminos

polvorientos, se encontraban, aquí y allá, los más lindos chalets, pequeños, confortables y acogedores, tapados de enredaderas tan llenas de rosas que las puertas y ventanas quedaban ocultas a la vista, lo que indicaba que eran casas desiertas cuyas familias, vencidas y desencantadas, las habían abandonado muchos años antes, sin poder venderlas o regalarlas. De vez en cuando, a distancias regulares, se veían cabañas de troncos de los tiempos primitivos de la minería, construidas por los primeros buscadores de oro, antepasados de los constructores de chalets. En algunos raros casos, las cabañas estaban ocupadas aún, y cuando era así, el dueño era, sin duda, el pionero que la había construido. También era seguro que estaba allí porque alguna vez había tenido la oportunidad de regresar rico a su hogar en Estados Unidos, y no lo había hecho. Luego, al perder toda su fortuna, humillado por el fracaso, había resuelto cortar todos sus vínculos con parientes y amigos del pasado, a partir de lo cual estaba muerto para ellos.

En aquellos días, los alrededores de California estaban habitados, en forma diseminada, por un sinnúmero de estos muertos vivos, pobres infelices, mortalmente heridos por el orgullo, canosos y arrugados a los cuarenta años, cuyos pensamientos secretos albergaban remordimientos y deseos: remordimientos por las vidas desperdiciadas y deseos de acabar de una vez por todas con la interminable lucha.

¡Era una tierra desolada! En las apacibles extensiones de pastizales y bosques no se oía ni un murmullo, excepto el soñoliento zumbido de los insectos; no había señal alguna de hombre o bestia, nada que levantase el espíritu o comunicara la alegría de vivir. Así que, por fin, en horas tempranas de la tarde, cuando vi a un ser humano, me sentí de lo más agradecido. Era un hombre de unos cuarenta y cinco años, y estaba parado delante de la verja de uno de esos confortables chalets llenos de rosas, como los que ya mencioné. Éste, sin embargo, no parecía solitario; tenía el aspecto de un lugar donde se vivía, donde había mimos, preocupaciones y cuidados, y así lucía el jardín delantero, repleto de flores, alegres y florecientes. Fui invitado a entrar, por supuesto, y a instalarme cómodamente..., era la costumbre del país.

Resultaba muy agradable estar en aquel lugar, después de las largas semanas de contacto, día y noche, con las cabañas de los mineros, y con lo que eso implicaba: pisos de tierra, camas nunca hechas, platos y jarras de estaño, panceta, judías, café sin azúcar y ningún adorno, excepto imágenes de la guerra recortadas de los periódicos ilustrados del Este, adheridas con chinches a las paredes de troncos. Todo eso era desolación, dura, triste y utilitaria, pero aquí había un refugio que ofrecía reposo a la vista cansada y vigor a ese algo de la propia naturaleza que, tras largos ayunos, reconoce —al verse confrontado con el arte por barato y modesto que sea— que ha pasado hambre sin darse cuenta y que al fin ha encontrado alimento. Jamás se me hubiera ocurrido que una alfombra ordinaria me daría tanta alegría y tanta satisfacción; o que hubiera tanto consuelo para el espíritu en el empapelado de la pared, en las litografías enmarcadas, en los tapetes de colores brillantes de los brazos del sofá y debajo de las lámparas, en las sillas de campo, en los estantes barnizados sobre los cuales había caracolas, libros y floreros de porcelana, y gran cantidad de chucherías y detalles inclasificables que una mano de mujer distribuye en el hogar, que se ven sin que se noten, pero que se echan de menos en cuanto faltan. Mi placer interior se reflejaba en mi rostro, y el hombre lo vio y se sintió contento; lo percibió tan claramente, que respondió de inmediato como si hubiese sido expresado en palabras.

—Todo esto es su trabajo —dijo, cariñosamente—, lo hizo ella sola, cada detalle —y miró el recinto con ojos llenos de adoración.

Una de esas suaves telas japonesas con que las mujeres suelen cubrir, como al descuido, la parte superior de los cuadros, estaba torcida. Lo notó y la volvió a arreglar con suma cautela, retrocediendo varias veces para evaluar el efecto hasta que se sintió satisfecho del resultado. Luego, le dio uno o dos leves toques finales, y dijo:

—Ella siempre hace eso. No se puede decir con exactitud qué es lo que le falta, pero algo le falta si uno no hace eso: se ve después de hacerlo, pero es todo lo que se sabe; no hay reglas. Es como los toques finales que la madre le da al cabello del niño después de peinarlo y cepillarlo, supongo. La he visto arreglar todas estas cosas tantas veces, que yo puedo hacerlo de la misma forma, aunque no sé cuáles son las reglas. Ella sí que las conoce. Ella sabe el porqué y el cómo; yo no sé el porqué; solo sé el cómo.

Me llevó al dormitorio para que pudiera lavarme las manos. Hacía años que no veía un dormitorio como ése: cubrecama blanco, almohadas blancas, piso alfombrado, paredes empapeladas, cuadros, tocador con espejo, alfiletero y delicados objetos de toilette. En un rincón había un lavatorio, con un jarro y una palangana de porcelana auténtica, con jabón en un plato, también de porcelana, y en un perchero, más de una docena de toallas..., toallas demasiado limpias y blancas para alguien que había perdido la costumbre de usarlas sin dejar de sentir una vaga sensación de sacrilegio. Así que mi rostro volvió a hablar, y él respondió con palabras entusiastas:

—Todo esto es su trabajo, lo hizo ella sola, cada detalle. No hay nada aquí que no haya sido tocado por sus manos. Usted podría creer... Pero no debo hablar tanto.

A estas alturas ya me estaba secando las manos, mientras observaba todos los detalles del dormitorio, como se suele hacer en un lugar nuevo, donde lo que se ve reconforta la vista y el espíritu; y me di cuenta, de pronto, de esa manera imposible de definir, que había algo allí que el hombre quería que yo descubriera por mí mismo. Lo supe al instante, y supe también que él estaba tratando de ayudarme con miradas furtivas, de modo que me esforcé por encontrar la pista correcta, pues yo estaba ansioso por complacerlo. Fallé varias veces, como pude constatar con el rabillo del ojo sin que él me lo dijera, pero finalmente me di cuenta de que estaba mirando el objeto directamente; lo supe por el placer que emanaba de él por medio de ondas invisibles. Rió con alegría, se frotó las manos y exclamó:

—¡Eso es! ¡Lo encontró! Sabía que lo haría. Es el retrato de ella.

Me acerqué a la pequeña repisa de nogal negro ubicada en la pared más lejana, y allí encontré lo que todavía no había percibido: un daguerrotipo enmarcado. Mostraba el dulce rostro de una joven, el más bello —a mi entender— que había visto jamás. El hombre captó la admiración en mi semblante y se sintió muy satisfecho.

—Acaba de cumplir los diecinueve años —dijo, mientras volvía a poner el retrato en su lugar—. Cuando la vea, ¡ah, espere a que la vea...!

—¿Dónde está? ¿Cuándo regresa?

—Oh, ahora no está. Fue a visitar a sus familiares. Viven a unos setenta kilómetros de aquí. Hace dos semanas que partió.

—¿Y cuándo regresa?

—Hoy es miércoles. Volverá el sábado, por la noche, alrededor de las nueve, probablemente.

Sentí una fuerte desilusión.

—Lo siento —agregué apenado—, porque para entonces ya me habré ido.

—¿Se habrá ido? No, ¿por qué debe irse? No se vaya. Ella se va a decepcionar.

¡Esa maravillosa criatura se sentiría decepcionada!

Si ella misma me hubiese dicho esas palabras, difícilmente me habría sentido tan feliz. Experimentaba un profundo y poderoso deseo de verla, un deseo tan implorante, tan insistente, que me atemorizó. Me dije: «Para mi tranquilidad, mejor me voy de aquí cuanto antes».

—Escúcheme, a ella le gusta que la gente nos visite y se quede unos días con nosotros..., personas cultas y conversadoras... como usted. Eso le encanta, porque..., ah, ella sabe mucho, y habla como, ¡oh!, un pajarito... Y los libros que lee, este..., bueno..., lo asombrarían a usted. No se vaya, son apenas unos pocos días más, ¿no es cierto?, y ella se sentirá tan decepcionada...

Oí las palabras sin prestarles atención. Me había sumergido en hondos pensamientos y luchas internas. El dueño de casa se retiró, pero no lo advertí. Regresó poco después con el retrato en la mano, lo puso delante de mí y dijo:

—Vamos, dígale a la cara que podría haberse quedado para verla, pero que no quiso...

Esa segunda mirada acabó con mis buenas intenciones. Me quedaría y enfrentaría el riesgo. Esa noche fumamos una pipa serena, y hablamos hasta tarde acerca de diferentes cosas, pero sobre todo acerca de ella; y, por cierto, hacía mucho tiempo que yo no pasaba momentos tan agradables y tranquilos. El jueves transcurrió plácidamente. Hacia el atardecer llegó de visita un robusto minero que vivía a seis kilómetros de la casa —uno de esos pioneros canosos y sin recursos—, y nos saludó cordialmente, con palabras graves y sobrias. Luego dijo:

—Sólo vine a preguntar por la señora y para saber cuándo regresará. ¿Tuvo noticias de ella?

—Ah, sí, una carta. ¿Le gustaría oírla, Tom?

—Pues me parece que sí, si a usted no le importa, Henry.

Henry la sacó de su bolsa, y dijo que omitiría algunas frases personales si nos parecía bien, y se puso a leer la mayor parte de la carta..., una escritura afectuosa, serena, realmente encantadora y amable, con una posdata llena de saludos cariñosos y mensajes para Tom, Joe, Charley y otros vecinos y amigos íntimos.

Cuando terminó de leerla, el dueño de casa miró a Tom y exclamó:

—¡Ajá! ¡Lo hizo de nuevo! Apártese las manos de los ojos y déjeme ver. Siempre hace lo mismo cuando le leo las cartas de ella. Le voy a escribir y se lo voy a contar.

—No, no debe hacerlo, Henry. Me estoy volviendo viejo, ¿sabe?, y la más mínima decepción me da ganas de llorar. Creí que ya estaría ella aquí, y veo que sólo tiene usted una carta.

—¿Pero qué le hizo creer eso? Yo estaba seguro de que todos sabían que ella no iba a regresar antes del sábado.

—¿Sábado? Ah, ahora que lo pienso, sí, sí lo sabía. ¿Qué me estará pasando últimamente? Estoy seguro de que lo sabía. ¡Bien que nos estamos preparando para su llegada! Bueno, ahora tengo que irme. ¡Pero estaré aquí cuando llegue, querido amigo!

El viernes al atardecer, otro veterano de cabellos blancos llegó caminando fatigosamente desde su cabaña a dos kilómetros de distancia, más o menos, y dijo que los muchachos querían un poco de alegría y diversión el sábado por la noche, siempre y cuando a Henry le pareciera que su esposa no estaría demasiado cansada después del viaje como para quedarse despierta.

—¿Cansada? ¡Ella cansada! ¡Caramba, hombre! Usted sabe, Joe, que ella es capaz de quedarse despierta más de seis semanas, ¡sólo para complacerlos a ustedes!

Cuando Joe supo que había una carta, pidió que se la leyeran, y los mensajes cariñosos dirigidos a él lo destrozaron. Pero admitió que era un pobre viejo y que le habría ocurrido lo mismo si ella sólo hubiera mencionado su nombre.

—¡Señor! ¡Cómo la extrañamos! —dijo.

El sábado por la tarde me di cuenta de que estaba consultando mi reloj a cada rato. Henry lo notó y me dijo, alarmado:

—¿No creerá que va a llegar tan pronto, no es cierto?

Me sentí descubierto, y un poco avergonzado, pero me reí, y le dije que era una vieja costumbre mía cuando esperaba a alguien. Pero él no pareció muy satisfecho; y desde ese momento empezó a mostrarse inquieto. En cuatro oportunidades me llevó hasta un lugar del camino desde donde se divisaba un largo trecho, y allí permanecía parado, mirando y cubriéndose los ojos con la mano. Varias veces me dijo:

—Estoy preocupado, muy preocupado. Sé que no va a venir hasta las nueve, pero tengo la sensación de que algo le ha ocurrido. ¿Usted no cree que haya pasado nada, no es cierto?

Empecé a sentir vergüenza de su infantilismo, y finalmente, cuando repitió una vez más la misma pregunta quejosa, perdí la paciencia un instante y le hablé con bastante brutalidad. Esto pareció consumirlo y acobardarlo, y adquirió un aspecto tan dolido y humilde que me detesté por haber cometido una acción tan cruel e innecesaria. De modo que me puse contento cuando Charley, otro veterano, llegó casi al anochecer y se acomodó cerca de Henry para oírlo leer la carta y para hablar sobre los preparativos de la bienvenida. Charley pronunció un discurso cordial tras otro, e hizo todo lo que pudo para alejar los malos presentimientos y aprensiones de su amigo.

—¿Que algo le ha *ocurrido*? Tonterías, Henry. Nada le va a pasar; quédese tranquilo. ¿Qué dice la carta? Dice que está bien, ¿no es cierto? Dice que estará por aquí a eso de las nueve, ¿no es verdad? ¿Alguna vez faltó a su palabra? Nunca, usted lo sabe. Entonces, no se inquiete; ella vendrá; eso es absolutamente seguro, tan seguro como que usted está aquí, ante nosotros. Vamos, hombre, terminemos la decoración, que no queda mucho tiempo...

Tom y Joe llegaron poco después, y todos se dedicaron a adornar la casa con flores. A eso de las nueve, tres mineros dijeron que ya que habían traído sus instrumentos, no era mala idea empezar a afinarlos, pues los chicos y las chicas llegarían pronto, ansiosos de un buena danza campesina a la antigua. Un violín, un banjo y un clarinete..., ésos eran los instrumentos. El trío se ubicó uno junto al otro y empezó a tocar un baile muy animado, mientras los tres marcaban el compás con sus grandes botas.

Ya eran cerca de las nueve. Henry permanecía parado en la puerta con los ojos puestos en el camino, y su cuerpo se bamboleaba bajo la presión de la tortura mental. Le habían hecho beber varios tragos a la salud y bienestar de su mujer, y en ese momento Tom gritó:

—¡Prepárense! ¡Solo un trago más y ella estará aquí!

Joe trajo los vasos en una bandeja y sirvió a los invitados. Alcé la mano para alcanzar uno de los dos vasos restantes, pero Joe gruñó por lo bajo:

—Deje ése, tome el otro.

Hice eso exactamente. A Henry le sirvieron el último vaso. En cuanto lo bebió, el reloj empezó a dar las nueve. Escuchó atentamente hasta el final, con el rostro cada vez más pálido, y entonces dijo:

—Muchachos, me muero de miedo. Ayúdenme, ¡quiero acostarme!

Lo llevaron al sillón. Se acurrucó y empezó a dormirse, pero inmediatamente habló como un sonámbulo:

—¿Oigo los cascos de los caballos? ¿Ya llegaron?

Uno de los veteranos le respondió, cerca del oído:

—Era Jimmy Parish para avisar que los viajeros tuvieron una demora, pero que todos están bien y de vuelta en el camino. En cualquier momento llegan. El caballo de ella tiene una renguera, pero estará aquí en media hora.

—¡Ah! ¡Gracias a Dios, nada ha ocurrido!

Se quedó dormido casi antes de que las palabras terminaran de salir de sus labios. Los hombres, diestros y hábiles, le quitaron las ropas en pocos minutos y lo arroparon en su cama en la habitación donde me había lavado las manos. Cerraron la puerta y regresaron. Al parecer, se preparaban para marcharse, pero yo dije:

—Caballeros, por favor no se vayan. Ella no me conoce, pues soy un forastero.

Se miraron entre ellos, y finalmente Joe me respondió:

—¿Ella? ¡Pobrecita! Está muerta desde hace diecinueve años.

—¿Muerta?

—Eso o algo peor. Fue a visitar a sus familiares a los seis meses de casada, y al regreso, un sábado por la noche, los indios la capturaron a unos pocos kilómetros de aquí, y nunca más se supo nada de ella.

—¿Y él enloqueció por esa razón?

—Jamás tuvo ni un minuto de cordura desde entonces. Pero sólo se pone realmente mal cuando se cumple el aniversario. Entonces todos venimos para acá, tres días antes de su supuesta llegada, para alentarlo y preguntarle si ha recibido noticias de ella. El sábado nos acercamos todos y adornamos la casa con flores, además de hacer los preparativos para la fiesta. Lo hemos hecho durante diecinueve años. El primer año éramos veintisiete, sin contar a las chicas. Ahora quedamos únicamente tres, y todas las muchachas han desaparecido. Lo drogamos para que se duerma, o se volvería totalmente loco. Después está bien durante el resto del año, y cree que ella vive con él, hasta los últimos tres o cuatro días antes de la fatídica fecha. Entonces empieza a buscarla, y saca esa triste y vieja carta, y nosotros venimos y le pedimos que nos la lea. ¡Dios mío, era realmente encantadora!

SOBRE LOS AUTORES

Leonid Andréiev (1871-1919) nació en Orel y vivió las últimas décadas de la Rusia zarista que dejaría paso a la revolución bolchevique de 1917. Tuvo una infancia y una juventud llenas de penurias económicas, y el hambre lo acechaba cuando dejó de lado el Derecho (se había licenciado en 1891) y comenzó a escribir. Ya a principios del siglo xx había conseguido cierta fama como escritor, que se consolidaría en 1908, cuando se diera a conocer su obra *Los siete ahorcados*. Sus páginas podían alcanzar tal nivel de patetismo que Chéjov llegó a decir sobre él: «Después de haber leído dos de ellas, hay que dar un paseo y respirar dos horas de aire fresco». Fue solidario con la revolución insurgente, pero tiempo después renegó de ella y se exilió en Finlandia, donde murió en la miseria. Otras obras: *El abismo*, *El que recibe las bofetadas*, *La risa roja*.

AMBROSE BIERCE (1842-¿1914?) tuvo una vida en la que nada dejó de ser extraordinario. Nació en Ohio, Estados Unidos, y fue el menor de nueve hijos, a los cuales sus padres bautizaron con nombres comenzados con la letra A. Una de sus hermanas, misionera, fue devorada por caníbales en África. Bierce participó y fue herido en la Guerra de Secesión estadounidense; de regreso del campo de batalla y casado, dos de sus hijos murieron. Jamás pasaría inadvertido: como periodista, fue el crítico más temido de su tiempo; cuando quiso ejercitar su cinismo creativo escribió un libro inolvidable, el *Diccionario del diablo*; al dedicarse a la narrativa breve, fue comparado con Poe. A los setenta y un años, en plena Revolución Mexicana, se enroló en el ejército de Pancho Villa y desapareció sin dejar más rastros que sus libros: *Cuentos de civiles y soldados*, *Fábulas fantásticas* y *El club de los parricidas*.

ANTÓN CHÉJOV (1860-1904) nació en Ucrania, en el seno de una familia que descendía de siervos de la gleba, y fue autor de decenas de cuentos cortos. Se recibió de médico, pero gracias a las buenas críticas que tuvieron sus primeros escritos se dedicó de lleno a la literatura. Autor de obras de teatro incansablemente representadas en todo el mundo, como *La Gaviota*, *El jardín de los cerezos* y *Las tres hermanas*, conoció al productor Konstantín Stanislavski y se casó más tarde con la actriz Olga Knipper. Murió en el transcurso de uno de sus tantos viajes, en el balneario alemán de Badenweiler. El escritor Abelardo Castillo recuerda siempre una anécdota: cierta vez le preguntaron al gran cuentista estadounidense Raymond Carver si sus cuentos eran minimalistas, a lo que respondió: «La verdad es que no sé qué es eso del minimalismo. Yo sólo quería escribir como Chéjov».

FRANCIS BRET HARTE (1839-1902) nació en Albany, Estados Unidos. Años más tarde, tras la muerte de su padre, se iría a vivir a California con su madre. Allí ejerció los más diversos oficios —impresor, profesor, periodista, editor— pero fue uno de los primeros, el de minero, el que influyó con más fuerza en casi toda su literatura. Cuando era editor del periódico *El Californiano* conoció a Mark Twain, y por un tiempo trabajaron juntos. En sus páginas publicó Harte sus primeros trabajos, novelas cortas reunidas en 1867 en forma de libro. Luego de haber ganado cierta fama, y después de un breve paso como profesor por la Universidad de California, volvió a Nueva York hasta 1878, cuando comenzó a servir al Consulado de Estados Unidos, primero en Alemania y más tarde en Escocia. Desde 1885 hasta su muerte vivió en Londres, dedicado exclusivamente a la literatura. Algunos de sus libros traducidos al castellano son *Los desterrados de Poker Flat*, *Cuentos del Oeste* y *Bocetos californianos*.

JACK LONDON (1876-1916) suele ser motivo de frecuentes equivocaciones: entre ellas, tal vez la más común sea la de catalogar sus obras —plagadas de vitalismo y fatalidad— como literatura para jóvenes, pretendiendo así restarle un mérito que está fuera de discusión. Nació en San Francisco y fue amante de las aventuras marítimas y el alcohol. A los veintiún años se embarcó hacia Alaska, atraído por la «fiebre del oro», y volvió desilusionado y pobre, aunque cargado de historias y decidido a escribirlas. El éxito llegó con la publicación de *La llamada de la selva* y desde ese momento se convirtió en el escritor más leído de Estados Unidos. Para entonces conocía bien la obra de los autores que marcarían su pensamiento: Darwin, Marx, Nietzsche. Algunos de sus libros —*Cuentos de los mares del sur*, *La fuerza de los fuertes*, *Amor a la vida y otros relatos*— contienen relatos de una fiereza imborrable: «El hijo del lobo», «El burlado», «El ingenio de Porportuk». Murió devastado por la bebida, a los 40 años.

KATHERINE MANSFIELD (1888-1923) nació en Wellington, Nueva Zelanda. Sufrió de tuberculosis y murió muy joven. Como Kafka, pidió que los escritos que dejaba fueran quemados, y que se publicara de ella, de manera póstuma, lo menos posible. Todas ellas órdenes que fueron debidamente ignoradas por su esposo, el crítico literario John Middleton Murry. Mansfield había publicado tres libros de relatos: *En una pensión alemana*, *Dicha* y *La fiesta en el jardín*. Tras su muerte vieron la publicación el resto de sus papeles: reseñas, poemas, diarios íntimos. Su obra fue uno de los pilares del modernismo europeo, y, entre otros devotos de su narrativa, la propia Virginia Woolf confesó que la suya era «la única escritura que le provocaba celos».

GUY DE MAUPASSANT (1850-1893) fue un escritor extraordinariamente prolífico. Discípulo de Flaubert, había nacido en Francia y comenzó a escribir apenas a los treinta años, pese a lo cual publicó más de veinte tomos de cuentos y novelas. Su debut literario lo marcó el relato «Bola de sebo», aparecido en el volumen *Las veladas de Médan*, suerte de manifiesto del naturalismo que reunía cuentos de guerra de diversos escritores —dirigidos por Émile Zola. El éxito obtenido con su obra le permitió vivir de la literatura, rodeado de lujos, y poseer una inagotable cohorte de amantes. Algunos de sus libros más conocidos son *El Horla* y *La casa Tellier*. Considerado por Horacio Quiroga como uno de los tres grandes maestros del cuento moderno —junto a Chéjov y Poe—, enloqueció en 1891 y murió internado en una clínica psiquiátrica. Antes había intentado abrirse la garganta, dos veces y sin éxito, con un cortaplumas.

O. HENRY (1862-1910) fue el seudónimo que William Sydney Porter eligió para nacer de nuevo. La primera vez lo había hecho en Carolina del Norte, Estados Unidos. La segunda, entonces, fue al salir de la cárcel, tras ser acusado de desfalco por el Banco Nacional de Austin y recibir una condena a cinco años de prisión. Empezó a escribir mientras purgaba la pena, para mantener a su hija, y en poco tiempo sus cuentos se hicieron famosos. Cuando salió de la cárcel, ya rebautizado, comenzó una prolífica carrera que atestiguan más de trescientos relatos, la mayoría de una asombrosa calidad. Dentro de sus cuentos más admirados, al margen del que presentamos, citaremos «El regalo de los Reyes Magos», «La habitación amueblada», «El policía y el himno». Nunca logró superar sus problemas económicos ni su adicción a la bebida, y murió de cirrosis en Nueva York, a los 47 años.

EDGAR ALLAN POE (1809-1849), el autor que más pesadillas ha instalado en las noches de los lectores, fue un notable poseedor de las virtudes del genio, la inteligencia y la voluntad, todo lo que lo convirtió en uno de los escritores faro de la literatura moderna. Nació en Boston, Estados Unidos, y llevó una vida llena de dificultades económicas y problemas sentimentales. Es autor de poemas, cuentos y relatos memorables como «Las aventuras de Arthur Gordon Pym», «El escarabajo de oro», «La carta robada», «El pozo y el péndulo» y «El cuervo». Como apuntaran Jorge Luis Borges y Adolfo Bioy Casares, Poe «inventó el género policial y renovó el género fantástico». Murió en un hospital de Baltimore, sufriendo un *delirium tremens*, a los 40 años. Las ediciones de sus obras —Julio Cortázar tradujo sus cuentos al castellano— continúan multiplicándose hasta hoy.

MARCEL SCHWOB (1867-1905) nació en Chaville, Francia. Su padre era dueño de un periódico en la ciudad de Nantes, y en sus páginas Schwob publicó su primer escrito (tenía once años): la reseña bibliográfica de un libro de Julio Verne. En su adolescencia fue amigo de Léon Daudet y Paul Claudel, asistió al curso de lingüística que dictaba Ferdinand de Saussure y llegó a obtener un doctorado en filología clásica y lenguas orientales. Su obra —en la que se imbrican erudición y experiencia vital— fue menospreciada hasta bien entrado el siglo XX. Se lo suele asociar a la corriente del simbolismo, y a nombres como Mallarmé, Gide y Jarry (quien le dedicó *Ubú Rey*). Entre 1888 y 1897 publicó sus libros más importantes: *Corazón doble*, *El rey de la máscara de oro*, *El libro de Monelle*, *La cruzada de los niños,* y *Vidas imaginarias,* volumen que —se repite hasta el hartazgo— Borges señaló como el punto de partida de su propia narrativa.

HENRYK SIENKIEWICZ (1846-1916) fue hijo de terratenientes polacos, y se formó en la Universidad de Varsovia. En 1870 comenzó su carrera periodística, que lo llevó a viajar a Estados Unidos como enviado especial por un par de años. De regreso en su país, fue designado director del periódico conservador *Slowo*. Fue entonces cuando comenzó a escribir la trilogía que aborda la lucha polaca frente a las invasiones rusas en el siglo XVII, la que le daría popularidad como narrador —trilogía conformada por *A sangre y fuego*, *El diluvio* y *Un héroe polaco*. Su obra más célebre es, sin duda, la novela *¿Quo Vadis?*, estudio de la sociedad romana en tiempos de Nerón llevada al cine en

1951 —la película ostenta el récord de cantidad de disfraces utilizados en un filme: treinta y dos mil. Los méritos de sus relatos son tan destacables como desconocidos por la mayoría de los lectores: el que se presenta aquí, «Sachem», es de 1889, y fue rescatado por Abelardo Castillo en una de sus revistas literarias. Ésta es la primera vez que se traduce al castellano actual. Sienkiewicz recibió el Premio Nobel de Literatura en 1905, y murió en Suiza en 1916.

FRANK R. STOCKTON (1834-1902) nació en Filadelfia, Estados Unidos. Fue el séptimo de trece hijos de un importante pastor metodista que intentó, por todos los medios, que estudiara medicina y abandonara la idea de convertirse en escritor. Hasta la muerte de su padre entonces, en 1860, Stockton no logró hacer ni una cosa ni la otra: en cambio, se dedicó a la talla de madera. En 1867 publicó la fábula fantástica «Ting-a-Ling» en la revista para jóvenes *Riverside*, y motivado por el éxito obtenido dio comienzo a su carrera periodística y literaria. Trabajó como editor en las más prestigiosas revistas infantiles de la época, hasta que se vio forzado a renunciar debido a serios problemas en la vista que le obligaron a dictar muchas de sus historias, recogidas en veintitrés tomos. «¿La dama o el tigre?» (1882) es su relato más famoso. Stockton murió en 1902 en Washington: Mark Twain recuerda, en uno de los capítulos de su autobiografía, los funerales en su honor.

Mark Twain (1835-1910) es el *nom de plume* del escritor estadounidense Samuel Clemens, nacido en Missouri, Estados Unidos. Pasó su infancia a orillas del río Mississippi y trabajó como tipógrafo y ayudante de navegación, oficio del que surgió su seudónimo: «Twain» era el grito que se utilizaba en el río para marcar las dos brazas de profundidad, calado necesario para una buena navegación. Luchó en la Guerra de Secesión, fue minero y periodista; el escritor Francis Bret Harte, director de un periódico en San Francisco, lo animó a dedicarse a la literatura. No se equivocó: el primer éxito literario le llegó en 1865, con la publicación del cuento «La famosa rana saltarina del condado de Calaveras». Después escribió *Las aventuras de Tom Sawyer* y *Las aventuras de Huckleberry Finn,* basadas en recuerdos de la infancia y adolescencia. En su obra hizo gala de un gran sentido del humor, y le dio aire fresco a la literatura de su tiempo a través del uso fluido de dialectos (*slang*) locales.